Wolfgang Bort

Komm zu unserem Kinderfest

Burckhardthaus-Laetare Verlag

■ Die Reihe „3–7“ wird von Hajo Bücken herausgegeben. Sie ist gedacht für alle, die in der Kindererziehung tätig und mit den Problemen von Vorschulkindern konfrontiert sind in Kindergarten, Vorschule und Familie. Jährlich erscheinen zwei Bände.
Die Bände sind einzeln oder fortlaufend zu beziehen. (Beim fortlaufenden Bezug sparen Sie ca. 15%)

■ Um- und Abbestellungen von Fortsetzungslieferungen jährlich zum 31. Dezember.

2. Auflage 1988

Der Verlag ist Mitglied im Verlagsring Religionsunterricht (VRU).

Umschlaggestaltung: Peter Weber, Bremen
Illustrationen: Rupert Take, Essen
Herstellung: Joachim Emrich, Offenbach/M.
Satz, Druck und Verarbeitung: RGG-Druck, Braunschweig

CIP-Kurztitelaufnahme der Deutschen Bibliothek

Bort, Wolfgang:
Komm zu unserem Kinderfest / Wolfgang Bort. - 2. Aufl.
Offenbach/Main: Burckhardthaus-Laetare Verlag, 1988.
(Spiel-Lern-Reihe 3 - 7)
ISBN 3-7664-9227-6

Inhalt

Gedanken zum Thema

Dieser Band der Reihe „3–7“ ist einem Problem gewidmet, dem sich Eltern und Erzieher/innen zigmal im Jahr zu stellen haben: den Kinderfesten. Für uns eher harte Arbeit, bedeuten diese Feste für die Kleinen oftmals Höhepunkte. Kein Wunder also, daß sich ein Band dieser Reihe mit dem Komplex befaßt.
Ein Herausgeber hat mancherlei Ideen im Kopf. Nicht immer sind sie umsetzbar, praktisch zu lösen. Deshalb freut es mich besonders, mit Wolfgang Bort einen Kollegen der Spielpädagogik gefunden zu haben, der weiß, wovon er schreibt. Praktiker/-innen werden an diesem Band ihre wahre Freude haben. Er ist nämlich nicht nur eine Fundgrube sprühender Einfälle. Bort weiß auch, wo Eltern und Pädagogen der Schuh drückt. Er vermag ihnen vielerlei Tips aus der Praxis weiterzugeben, macht Mut dort, wo Mut nötig ist, bringt die Erwachsenen selbst zum Spielen, bricht mit „alten Schuhen“ in der Tradition. Immer und immer wieder hämmert der Autor seinen Lesern ein, daß sie den Kindern gefälligst Freiräume zu verschaffen haben und sie nicht nach unserer Pfeife tanzen zu lassen.
Bort ist sehr für lockere Spiele, davon zeugen in diesem Buch eine Unmenge von Beispielen. Doch er weiß genauso gut, daß man lockeres Spielen nicht mit chaotischer Organisation verwechseln darf. Also besteht er auf präziser Vorplanung, entwirft auch dafür immer wieder Szenarien. Manchen werden Worte, Sätze oder ganze Abschnitte überflüssig erscheinen, manches werden erprobte Praktiker/innen längst zu ihrem täglichen Brot gemacht haben. Dennoch ist das Insistieren auf saubere Vorbereitung sinnvoll; gerade durch das Unterlassen derartiger Vorphasen geraten so manche Feste daneben. Das aber haben die Kinder nicht verdient.
Als Autoren für diesen Band habe ich auch deshalb

Wolfgang Bort ausgewählt, weil er eine Richtung vertritt, für die wir Pädagogen uns besonders stark machen sollten: das Spielen ohne Konkurrenz nämlich. Konkurrenz gibt es genug – und werden die Kinder noch genug erfahren. Wir müssen sie nicht auch noch bei ihren Festen gegeneinander antreten lassen und Gewinner (wenige) sowie Verlierer (viele) ermitteln. Dennoch, trotz der vorgeschlagenen kooperativen Spielformen, bleibt den einzelnen Kindern immer noch genügend Platz, einmal im Vordergrund zu stehen und sich darin auch zu sonnen. Wer genösse das nicht!

Bremen, im Mai 1986 Hajo Bücken

Da fällt mir nichts mehr ein

Teil 1

1. Etwas Besonderes?

Ein Fest zu feiern, das ist immer etwas Besonderes. Für die, die es vorbereiten, ist es erst einmal besonders viel Arbeit. Es ist ja gerade nicht Alltag, besondere Ideen sind gefordert. Langeweile darf nicht vorkommen, Außergewöhnliches muß immer vorkommen.

Das Außergewöhnliche wird zum Alltag

Gewöhnlich wird das Außergewöhnliche, wenn es sich jährlich wiederholt: zerfurchte Minen beim x-ten Sommerfest, zuckende Mundwinkel beim 15. Kindergeburtstag. „Da fällt uns nichts mehr ein!“

Aus dem Tagebuch der Erzieherin Felicitas Fröhlich: 1986

Kindergeburtstage	25
Hochzeiten der Kolleginnen	2
Jahreszeitenfeste	4
Karneval (Gruppe, alle Kinder, Eltern)	3
Elternfeste	3
religiöse Feste (St. Martin usw.)	15
Kaninchengeburtstag	1
Pfarrer und Fachberaterin haben Jubiläum	2
Das „Fünf Kinder kommen in die Schule Fest“	1
Mitarbeitergeburtstage	6
Große Eltern-Kinderfeste	2
„Die Neuen kommen“	1
Stadtteilfeste, die Schule hat Geburtstag, Maifeier usw.	6
Feiertage	71
Arbeitstage	260
Urlaub	30
Grippe	8
Weiterbildung	5
Zahnarzt	3
Umzug	–1
Arbeitstage	213

Jeder 3. Arbeitstag ein Fest!

2. Wie organisiere ich ein Fest?

Organisation ist nicht alles. Spontane Ideen, abenteuerliche Zwischenfälle und Regenwetter sind oft das Salz in der Festsuppe. Etwas organisatorisches Geschick kann jedoch Arbeit und Ärger ersparen. Schwierigkeiten, die vorher bedacht wurden, sind weniger gefährlich. Die folgenden Anregungen sind stichwortartig und kurz gefaßt.

Nicht alle machen alles
Natürlich trifft das gesamte Mitarbeiterteam grundlegende Entscheidungen, gehandelt wird aber arbeitsteilig, mit klaren Zuständigkeiten und Arbeitsaufträgen. Stundenlange Diskussionen über den Bierpreis beim Elternabend sind nicht effektiv.

Arbeit teilen

Das Organisationsteam
Zwei oder drei Mitarbeiter/Eltern bilden ein Organisationsteam für das Fest. Seine Aufgabe: Koordination, Ansprechpartner für Gruppen und Einzelpersonen, Termine nachhalten.

Einige koordinieren

Zeitplan
Ein Zeitplan hilft gegen Vergeßlichkeit und sollte immer für alle zugänglich sein. Auf der folgenden Seite ist ein Raster abgebildet. Achtung, auch zuständige Personen und Termine eintragen! –

Zeit einteilen

Alternativen mitdenken
Über Ausweichmöglichkeiten bei Regenwetter oder plötzlichen wichtigen anderen Veranstaltungen sollte man *vorher* nachdenken und andere Orte und Termine festlegen.

Vorher nachdenken

Öffentlichkeitsarbeit
Ein größeres Fest ist eine gute Gelegenheit, sich zu zeigen. So können andere sich ein Bild von uns machen. – siehe Abschnitt Öffentlichkeitsarbeit –

Anderen etwas mitteilen

Nicht über die Köpfe hinweg
Kinder und Erwachsene feiern ein Fest; alle brauchen Gelegenheit, sich zu beteiligen, alle sollten den Sinn des Festes verstehen. Wählen Sie also keine Themen, zu denen Kinder keine Beziehung haben. Stadtkinder verstehen nichts von Ernte, also ist ein Ernte-Dank-Fest nur angebracht, wenn im Kindergarten ein Garten bearbeitet wurde.
Geben Sie Eltern eine Gelegenheit, sich zu engagieren, sonst müssen Sie alles alleine machen.

Alle machen mit

Zeitplan/Zeitraster

Zuständig ist: Name:	erledigt am: Datum:	Fertig bis: Datum:	
		4–6 Monate vorher:	Termin, Ausweichtermin, Organisationsteam, Thema, Programmrahmen, Ort, Umfang, erste Zuständigkeiten festlegen, Kostenfrage klären.
		2 Monate vorher:	Termin und Programm festlegen, Arbeitsgruppen und Helfer benennen.
		1 Monat vorher:	Werbeplakate verteilen, Einladungen verschicken, Verpflegung bestellen, Programm besprechen, Zeitplan für das Fest besprechen.
		2 Wochen vorher:	Material bestellen, Hin- und Rücktransport klären, Aufräumen klären, Eltern und andere Besucher persönlich ansprechen.
		1 Woche vorher:	Mitarbeiter einweisen, Ablauf genau festlegen, Alternativen überprüfen, Presseinformation, Liefertermine klären, Lager klären.
		2 Tage vorher:	Alle wichtigen Mitarbeiter nochmals ansprechen, Kinder nochmals informieren.
		1 Tag vorher:	Lieferungen entgegennehmen; sind alle Materialien vorhanden und intakt? Wie wird das Wetter? Aufgaben noch einmal durchgehen.

Fertig bis: Datum:		zuständig ist: Name:	erledigt am: Datum:
Das Fest	Aufbauen, Lieferungen annehmen, Helfer genau einweisen, Hinweisschilder anbringen, Helfer bewirten, Gäste begrüßen, fotografieren, „kleines Aufräumen“.		
1 Tag danach:	„Großes Aufräumen“, Abtransport, kleiner Umtrunk.		
1 Woche danach:	Gemeinsame Reflektion, möglichst mit allen Mitarbeitern und Helfern, Ausblick, Kritik, Dank sagen.		
3 Wochen danach:	Kleine Fotoausstellung vom Fest.		

3. Ideen sammeln und ordnen

In einem Mitarbeiterteam Ideen zu sammeln und Entscheidungen zu treffen, ist nicht immer einfach. Die Zettelwand kann hierbei helfen.

Sammeln

1. Schritt: Alle bekommen jeweils drei bis fünf kleine Zettel, auf die ein Thema für das Kinderfest geschrieben wird, jeder Zettel ein Thema. Dazu kann man sich ruhig etwas Zeit nehmen, z. B. eine Woche vorher damit anfangen. Am Ende hängen von allen Mitarbeitern einige Ideen an der Wand.

Ordnen

2. Schritt: Nun werden die Ideen gemeinsam geordnet. Drei große Karten werden an die Wand geklebt:

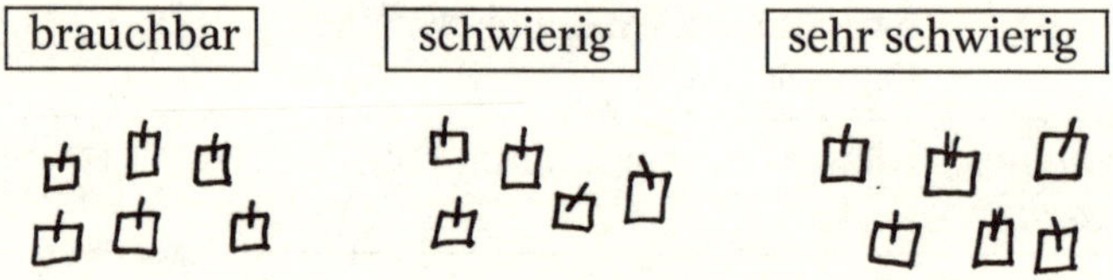

Darunter kann man nun die einzelnen Karten ordnen. Wichtig dabei ist, daß das gesamte Team daran beteiligt wird. Bei Meinungsverschiedenheiten entscheidet die Mehrheit. Jede Idee sollte auf Wunsch etwas erläutert werden. Anschließend kommen alle Ideen, die unter sehr schwierig eingeordnet wurden, in eine Schachtel und werden vorläufig nicht mehr beachtet.

auswählen

3. Schritt: Bei den brauchbaren und schwierigen Ideenzetteln werden nun ähnliche Ideen zusammengefaßt. Anschließend hat jeder Mitarbeiter drei Punkte, die er auf die Zettel verteilen kann; man kann seine Punkte auch einer Idee geben. Ideenzettel, die keinen Punkt bekommen haben, kommen in die Schachtel.

bewerten

4. Schritt: Nun kann sich jeder Mitarbeiter positiv zu der einen oder anderen Idee äußern. Achtung, nur positive Äußerungen! Dann wird mit einer neuen Farbe abermals gepunktet, jeder hat allerdings nur noch zwei Punkte. Ideenzettel, die jetzt keinen Punkt bekommen haben, kommen wieder in die Schachtel.

5. Schritt: Über die verbleibenden Ideen sollte nun nochmals ruhig gesprochen werden. Für und Wider abwägen und auch Ideen zusammenfassen. Jetzt wird ein letztes Mal mit nur einem Punkt gepunktet. Die leer ausgehenden Ideen verschwinden in die Schachtel. Wichtig ist, daß die meistgewählte Idee eine satte Mehrheit hat. Falls es mehrere fast gleichrangige Favoriten gibt, sollte man sich ruhig noch etwas Zeit nehmen, Entscheidungen brauchen Zeit.

entscheiden

Diese Methode der Ideensammlung und Entscheidung braucht etwas Übung. Beim ersten Mal fällt es einer Gruppe oft etwas schwer; nach einiger Zeit ist die Zettelwand jedoch recht effektiv, besonders weil viele Meinungen zum Tragen kommen.

4. Programmstruktur

Jedes größere Fest braucht einen gewissen zeitlichen Rahmen. Wenn viele Menschen miteinander aktiv sein wollen/sollen, helfen vorbereitete Programmelemente/ Angebote, aktiv zu werden. Die folgende Programmstruktur zeigt, wie man die einzelnen Programmpunkte ordnen kann, damit jeder auch die Möglichkeit zum Handeln hat. Wann ist was?

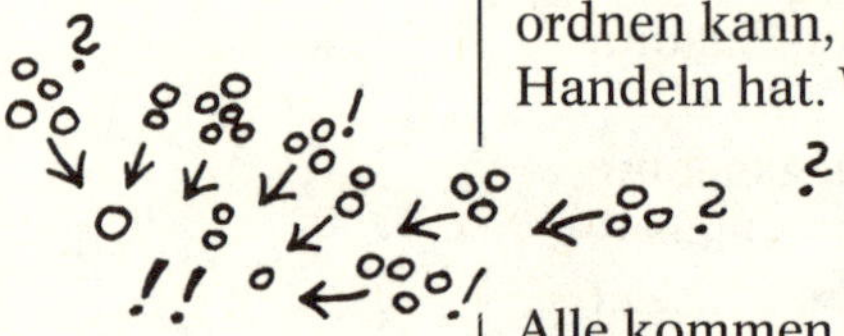

Muster 1

Einstieg

Alle kommen nacheinander oder gleichzeitig in kleinen Gruppen oder einzeln in die Einrichtung.

Anforderungen ans Programm

Orientierungshilfen geben, wer früher oder pünktlich kommt, darf nicht warten, zu spät kommen darf nicht peinlich sein, erste kurze Kontakte mit anderen Gästen möglich machen, zeigen können, wer man ist, die Umgebung kennenlernen usw..

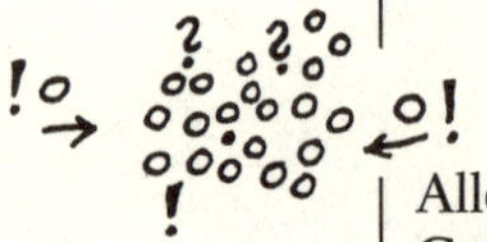

Muster 2

Auftakt

Alle handeln gemeinsam, es entsteht ein eher passives Gefühl von Zusammengehörigkeit.

Anforderungen ans Programm

Gemeinsame Handlungsformen mit vielen Anteilen von Vorgaben (kleine Vorträge, Singen, Zuhören und Sehen), Abwechslung, wenig Möglichkeiten sich zu blamieren, kurze und knappe Informationen, Möglichkeit zum Rückzug, Gelegenheit zu Kontakten usw..

Muster 3

Hauptprogramm

Alle handeln in überschaubaren Gruppierungen mit unterschiedlichen Schwerpunkten.

Anforderungen ans Programm

Unterschiedliche Angebote, Auswahlmöglichkeiten, Angebote für Menschen mit unterschiedlichen Fähigkeiten, laut und leise, bewegt und ruhig, mitmachen und zuschauen, verschiedene Altersgruppen beachten, das Miteinander fördern, Austausch fördern.

Abschluß
Alle handeln miteinander, aktives Gefühl der Zusammengehörigkeit.
Anforderungen an das Programm
Gemeinsamkeiten betonen, aktiv zusammen handeln, Ergebnisse sichtbar machen, Gelegenheiten zum Ausblick.

Muster 4

Abschied
Alle gehen in kleineren Gruppen auseinander.
Anforderungen an das Programm
Gelegenheiten zum Verabschieden, viele Kontakte ermöglichen, ruhige Situationen provozieren, helfen, sich zu erinnern, noch nicht ans „Aufräumen" denken, Abschluß festlegen.

Muster 5

5. Ideen für Feste

Kleine, übergreifende Titel (Motto) sind manchmal schon eine Programmidee für ein ganzes Fest. Diese Mottos sollten auf die Zielgruppe zugeschnitten sein, deswegen sind die Vorschläge dreigeteilt.

Feste für Kinder und Eltern
Laternen und Lichterfest – Rund um die Kartoffel – Fremde Tiere schöne Pflanzen – Ein Fest auf Biegen und Backen – Baum- und Blumenfest – Wir feiern unseren Goldfischteich – Zelte auf der Wiese – Windvögel und Windspiele – Afrikatag – Kugeln und kullern – Das Meer läßt grüßen – Andere Länder andere Spiele – Im Dunkeln ist gut munkeln – Ballons und Seifenblasen – Wandern und wundern

Feste für Eltern
Das Fest der roten Strümpfe – Kerzenfest – Kissenparty – Als wir noch Kinder waren – Salat Salat Salat – Wir blicken in die Röhre!? – Tanzen und Toben – Bilder und was man damit machen kann – Raten und Rätseln – Pilze und Pilse – Reisen und was daraus geworden ist – Kalte Platten heiße Scheiben

Feste für die Gruppe
Das Kaninchen hat Geburtstag – Schnittlaucherntefest – Drei kommen in die Schule – Das „Frau Schneider bekommt ein Baby“ Fest – Wir pflanzen einen Apfelsinenwald – Trommeltag – Fest der kleinen Knöpfe – Schmalzbrotfest – Wir malen unser Fenster bunt – Der Schneemanntag – Spiegelfest…

6. Sich die Arbeit erleichtern

Für viele von uns bedeutet ein größeres Fest Mehrarbeit, Anstrengung und oft genug noch Ärger dazu. Hier einige Anregungen, um die Arbeit zu erleichtern.

Fachleute ansprechen

Andere können auch etwas

Kinder, Eltern oder Bekannte fotografieren, backen, bedienen und reparieren technische Geräte, malen und gestalten, können gut formulieren, fahren LKW, können Material besorgen, spielen Theater, erzählen lustige Geschichten, machen Musik, tanzen oder haben viele andere abenteuerliche Hobbys und Berufe. Sie helfen gerne mit und brauchen oft nur angesprochen werden. Die Kunst ist es nur, jeden angemessen zu fordern. Legen Sie sich eine Liste an: Wer kann was?

Kooperationspartner

Andere machen mit

Suchen Sie sich Mitstreiter für Ihr Fest:
Seniorenclubs, Kirchengemeinden, Jugendgruppen, Grundschulen, Jugendämter, Sportvereine, Kindertheater, Musikgruppen, Kulturvereine usw.. Alle können zu dem Fest etwas beitragen; für Sie und die Kinder entstehen neue Kontakte.

Sammeln und Ordnen

Suchen ist oft unnötige Arbeit

Vorbereitungen, Planungen, Checklisten, Werbung, alles aufheben! Beim nächsten Mal geht es dann leichter. Jede Einrichtung sollte sich Hängeordnerkästen zum Thema Feste anlegen. Hängeordner deswegen, weil dort verschiedene Formate, Schnippsel und kleine Broschüren problemlos gesammelt und geordnet werden können.

Telefonieren...
geht meist schneller und leichter als schreiben.

Wo gibt es was? (kostengünstig)
Bäume, Zweige, Äste -- Garten- oder Friedhofsamt
Stoffe, Bänder, Reste -- Textilfabrik
Papier, Makulaturpapier -- größere Druckereien
Pappkartons, Styropor -- Kaufhäuser (anrufen)
Folien, Schaumstoff -- Kunststoffbetriebe
Steine, Kalk usw. -- Baustoffhandel
Erdfarben -- Farbgroßhandlungen

Stichwortsammlung Festgestaltung

Ideen sammeln

Für jedes Stichwort einen Hängeordner anlegen und dann sammeln, sammeln! Falls ein Ordner prall gefüllt ist, ihn in Untergebiete einteilen. Von anderen Einrichtungen Ideen und Tips ausleihen und kopieren.

1 alte Planungen (Zeitraster, Protokolle, Kalkulationen)
2 Briefverkehr (Einladungen, Anschreiben, „Bettelbriefe")
3 Handzettel, Plakate, Zeichnungen (auch die Vorlagen)
4 Fotos, Bilder (auch aus Zeitschriften)
5 Spiele für große Gruppen (für viele verschiedene Menschen)
6 Anschriften (Lieferanten, Mitarbeiter, Spender, Theatergruppen, Liste: Wer kann was?)
7 Verpflegungsrezepte (Speisen und Getränke)
8 Dekorationsvorschläge (auch Zeichnungen + Fotos)
9 Lieder, Noten (auch Plattentitel usw.)
10 Literaturvorschläge (auch Zeitungsartikel)
11 Programmelemente (Begrüßungen, Abschiede usw.)
12 Ideen für Eintrittskarte (auch Wertmarken usw.)
13 Presseinformationen (auch Presseberichte, auch Pressefotos)
14 Ideen für Themen und Mottos (Ideenzettel)
15 kleine Spiele und Aktionen am Rande
16 Meinungen (Ansichten, Kritik von früher)
17 Bastelanleitungen (für Stände, Spielzeug usw.)
18 Verschiedenes (alles, was nicht in andere Bereiche hineinpaßt, bis genug für ein neues Stichwort vorhanden ist)

7. Öffentlichkeitsarbeit

Man zündet nicht ein Licht an und stellt es unter den Scheffel, sondern auf den Leuchter, dann leuchtet es allen, die zu Hause sind.
Math. 5, 15

Als Nachbar möchte ich nicht nur etwas von Ihnen erfahren, wenn ich etwas spenden soll. Erst wenn ich ein gutes Bild von Ihnen habe, bin ich auch geneigt, Sie zu unterstützen. Wenn Sie Öffentlichkeitsarbeit betreiben, denken Sie bitte daran, wen Sie ansprechen wollen. Je klarer Ihnen Ihre Zielgruppe ist, je genauer können Sie diese ansprechen. Alle ansprechen heißt, niemand erreichen!

Für ein größeres Fest könnte ich mir zwei Zielgruppen Ihrer Öffentlichkeitsarbeit vorstellen:

Besucher-Gäste
Die unmittelbar betroffenen, Ihre Wunschgäste: Kinder, Geschwisterkinder, Eltern, Großeltern, Freunde und Förderer der Einrichtung.
Hier sollte Ihre Werbung bewirken, daß diese Personen als Gäste erscheinen, mit Erwartungen, die das Fest einlösen, vielleicht auch übertreffen kann.

Bewohner der Umgebung
Kämen sie alle, wäre das Fest hoffnungslos überfüllt. Aber, Ihre Einrichtung braucht ein positives Bild bei den Bewohnern Ihres Viertels:
Zukünftige Eltern, kritische Nachbarn, Spender, Verwandte und Freunde von Ihnen.

Alles hinterläßt einen Eindruck

Hier sollte der Eindruck entstehen, daß wieder einmal ein interessantes und aufregendes Fest von der Einrichtung veranstaltet wird, die wohl viele wichtige Aktivitäten für Kinder unternimmt.
Wo und womit Sie werben, zeigt, wen Sie erreichen wollen. Die Besucher brauchen detaillierte Informationen, um nicht mit anderen oder unerfüllbaren Erwartungen zu erscheinen. Interessierte Nachbarn sollten über Ihre Aktivität erfreut sein.
Alle, die Sie ansprechen, haben Erwartungen und Vorstellungen. Welche Sie nun für die Werbung aktivieren möchten, sollten Sie genau überlegen. Manche Worte wecken bestimmte Erwartungen, nennen Sie Ihr Fest: Kinder-Elternparty, Tag des Kindes, Fete für Leute in

den besten Jahren, Unser Kinderfest, Toben und Tanzen, St. Martin reitet, Für unsere Kleinen, Rund um die Kartoffel, Ernte-Dank oder Ein-Licht-leuchtet. Jedesmal wecken Sie unterschiedliche Betroffenheit, Zustimmung oder müdes Gähnen.

Information doppeln
Ihre Ansprechpartner werden tagaus tagein mit Informationen zugeschüttet. Ihre Einladung ist eine unter vielen Botschaften. Warum muß ich ausgerechnet Ihr Fest mitfeiern, Ihren Einladungsbrief gewissenhaft zu Ende lesen? Eine Nachricht, die ich aus mehreren verschiedenen Kanälen empfange, wirkt auf mich stärker. Ich bekomme Post von Ihnen, lese ein Plakat beim Bäkker, blicke in die Tageszeitung, schon wieder, Sie! Dann sprechen Sie mich auch noch an und endlich ist der Groschen gefallen: Morgen ist das Kinderfest!

Nur die Hälfte der Werbung „wirkt“, wir wissen leider nicht, welche Hälfte.

Beispiel 1

Kindergarten Königstr. Stumpfhausen, 18. 4. 1987

Betr.: Sommerfest

Grüß Gott,
der Kindergarten plant am Sonntag ein Kinderfest.
Wenn Ihnen nichts Besseres einfällt, kommen Sie doch vorbei, Getränkestand und Speisen sind im Hause.
Viele Grüße, Ihr Kindergarten

So nicht!

Wer sind Sie denn eigentlich, wie heißen Sie, warum sprechen Sie mich an? Schreiben Sie bitte als Personen, nennen Sie mir Ihre Namen. Ich mochte wissen, mit wem ich es zu tun habe. Wenn Sie nicht von dem überzeugt sind, was Sie mir sagen wollen, sagen sie mir besser nichts. Zeigen Sie Selbstbewußtsein. Wodurch? Sagen, nicht fragen, Zeitworte statt Hauptworte, persönlich, nicht sachlich.

Beispiel 2

Kindergarten
Gänseblümchen
Wiesenberg 2
9654 Grüntal

Geschrieben im
sonnigen Oktober 1987

Liebe Familie,
wie Sie bestimmt schon von Ihrem Kind erfahren haben, ist helle Aufregung bei uns im Kindergarten. Unser diesjähriges Herbstfest findet nun endlich nächsten Sonntag statt. Die Kinder haben sich etwas ausgedacht, wir Erwachsenen konnten nicht widerstehen, das Motto heißt:

Rund um die Kartoffel

Thomas aus der Gruppe Löwenzahn hat sie aufgemalt. Alle Eltern, Kinder, Geschwisterkinder und Freunde sind herzlich eingeladen zu unserem Kartoffelfest. Raten Sie einmal, was Sie als Eintrittskarte brauchen! Richtig: eine Kartoffel. Wir haben uns zusammen mit dem Elternrat, auch eine besondere Überraschung ausgedacht: Jede Familie kann ein besonders beliebtes Familienkartoffelrezept mitbringen. Frau Erler vom Elternrat will nach dem Fest ein kleines Kartoffel-Kochbuch für alle zusammenstellen, helfen Sie ihr dabei!
Natürlich wird nicht nur gegessen, ein aufregendes Puppenspiel können Sie sich ansehen: „Die Kartoffel Erich reißt aus". Neben Erichs Abenteuer gibt es noch viel Spannendes zu erleben.

Rund um die Kartoffel

Wann? Sonntag, den 12. Oktober, von 15.00–17.00 Uhr
Wo? Im Kindergarten Gänseblümchen

Viele Grüße von
Thomas dem Zeichner
Frau Bergel vom Elternrat
Frau Nackel von den Mitarbeiterinnen des Kindergartens

Achtung! Für besonders Neugierige!
Wenn Sie noch Fragen und Vorschläge haben,
rufen Sie doch in dieser Woche die Tel. Nr. 88 76 54
an (zwischen 13.00–14.00 Uhr)

Presseinformationen

Arbeiten Sie mit der örtlichen Presse zusammen. Laden Sie die Presseleute zu Ihren Veranstaltungen ein. Senden Sie der Presse regelmäßige Informationen, bauen Sie einen persönlichen Kontakt auf. Je druckreifer Ihre Informationen sind, je leichter machen Sie es den Presseleuten. Wenn Sie es den Journalisten leicht machen, wird Ihre Information eher und unverändert abgedruckt!

Persönliche Kontakte zur Presse suchen

Tageszeitungen möchten Neuartiges, Ungewöhnliches abdrucken, Ereignisse sind wichtiger als Hintergründe. Gerne haben die Presseleute auch Fotos (schwarzweiß und kontrastreich) oder die Gelegenheit zu fotografieren. Journalisten lieben es, Namen zu nennen.

Die Welt in der Zeitung: Alles ist neu, ungewöhnlich, aufregend und aktiv. Bilder sagen mehr als Texte.

Regeln für einen lebendigen Pressetext:

1. Bieten Sie mehrere Überschriften zur Auswahl an.
2. Im ersten Absatz muß das wichtigste schon gesagt sein. Er muß Interesse wecken.
3. Ein kurzer Text, ein kurzer Absatz, ein kurzer Satz wird eher gelesen.
4. Ein Artikel sollte so aufgebaut sein:
   Teil A = das Wichtigste, ein interessanter Aufhänger
   Teil B = Hintergründe, Drumherum, Details
   Teil C = Schlußpointe, Schlußfolgerung
5. Zwischenüberschriften nicht vergessen
6. Verständlichkeit geht vor Genauigkeit.

Gänseblümchen tanzt rund um die Kartoffel

Viele Abenteuer für Kinder und Eltern – Kindergarten feiert die Kartoffel

Mit dem Motto „Rund um die Kartoffel" feiert der Kindergarten Gänseblümchen ein Fest für Kinder und Erwachsene. Am Sonntag ab 16.00 Uhr beginnt auf der Wiesenstr. 13 ein buntes Treiben. Kinder und Eltern haben sich für die Besucher viele Überraschungen ausgedacht. Neben Spielen und leckeren Kartoffeln zeigt eine Puppenbühne

Hier ein kleines Beispiel einer kurzen Pressemeldung

das Stück: „Die Kartoffel Erich reißt aus". Beim Fest wird ein Kartoffelkochbuch mit vielen Ideen und Rezepten zusammengestellt. Gerne nimmt Frau Nackel (Tel. 88 76 54) noch Anregungen für das Buch entgegen, kramen Sie ruhig in Ihrer Rezeptkiste.
Wer am Sonntag ab 15.00 Uhr, viel Aufregendes „Rund um die Kartoffel" erleben möchte, sollte dieselbe nicht als Eintrittskarte vergessen.

Ein Fest nach dem Fest

Auf ungewöhnliche Weise „Danke" sagen.

Für die gestreßten Mitarbeiter ist die „Nachspeise" oft die schönste Sache. Ziel einer solchen Veranstaltung ist es, in einem entspannten Klima sich Rückzubesinnen und allen zu Danken. Mitarbeiter, die weiterhin sich beteiligen sollen, müßen „gepflegt" werden.

Vorbereitung
Ein kleines Team sollte das „Fest nach dem Fest" vorbereiten. Es reicht ein großer Raum, möglichst *nicht* dort, wo das andere Fest gefeiert wurde. Das Treffen darf nicht zu lange dauern (ca. 2 Stunden), einmal muß es auch genug sein. Achtung, alle Mitarbeiter einladen, den Termin früh genug bekannt geben (2–3 Wochen vorher). Hier ein kleiner Ablaufplan für *Die Nachspeise.*

Einstieg
Der Raum ist mit Kinderbildern und Materialien vom Fest dekoriert. Ein Stuhlkreis steht in der Mitte des Raumes, alle ankommenden Gäste werden persönlich begrüßt und zu einem Platz geführt. Der Kreis ist mit Klebestreifen in drei gleichgroße Segmente geteilt.
Eine(r) beginnt mit einer kleinen Glocke:
Meine Damen und Herren, vor Ihnen liegt der magische Kreis, den wir extra aus dem fernen Norden eingeführt haben. Diese alte Glocke aus Nordnordnorwegen wird uns dabei helfen hinter viele Geheimnisse zu kommen. Sie sehen die drei Felder des magischen Kreises vor sich liegen, rot, blau und grün. Wenn ich mit der Glocke einmal läute, stehen Sie bitte auf und gehen in Ihr Lieblingsfeld.

Nun schließen Sie bitte die Augen und denken sehr genau nach: Sie sind das Laufen leid, viel lieber möchten Sie fahren, Ihnen wird ein Fahrzeug Ihrer Wahl geschenkt, können Sie sich es schon vorstellen? Welche Farbe hat es, rot, blau oder grün? Wenn ich läute, stehen sie auf und gehen in das passende Feld, dort berichten Sie über das, was Sie gesehen haben. Wenn ich dann zweimal läute, nehmen Sie wieder Platz.
So etwa kann eine erste Spieleinführung gesprochen werden. Natürlich gibt es weitere Folgen:

Ihr liebstes Kinderspielzeug?
☐ Ball ☐ Bausteine ☐ Puppe

Ihr liebstes Getränk?
☐ Wein ☐ Kaffee ☐ Bier

Wohin würden Sie lieber fahren?
☐ Stockholm ☐ Sonnenstrand ☐ Berge

Wo möchten Sie wohnen?
☐ Kleines Haus ☐ Wohngemeinschaft ☐ Bauernhof

Was fanden Sie beim Fest interessant?
☐ Die Erwachsenen ☐ Die Kinder ☐ Das Programm

Was würden Sie am liebsten essen?
☐ Salate ☐ Knabbereien ☐ Süßes

Das gesamte Spiel sollte nicht länger als 15 min. dauern

Kleiner Imbiß
Drei Tische waren verdeckt vorbereitet, einer mit einem Salatbuffet (die Salate sollte man sich selber anrichten können), ein Knabbertisch (mit möglichst verschiedenen Knabbereien), etwas Süßes, (wenig, aber sehr verschieden). Es darf natürlich auch gewechselt werden.
Dauer: 30 min.

Der Hörfunk kommt
Ein Mitarbeiter hat in der letzten Woche Kinder und Erwachsene über das Fest befragt und auch Fest-Originalaufnahmen gemacht. Die Sendung sollte höchstens 10–15 min. dauern.

Fotorätsel
Ein Mitarbeiter ist beim Fest geheimer Fotograf gewesen und hat viele mögliche und unmögliche Fotos gemacht. Die Unmöglichen werden nun mit dem Diaprojektor vorgeführt und die Mitarbeiter sollten raten, wer dort auf dem Bild zu sehen ist.
Dauer 10–20 min.

Pause

Pünktchen
1) Die Zeit — Drei Plakate hängen an der Wand:

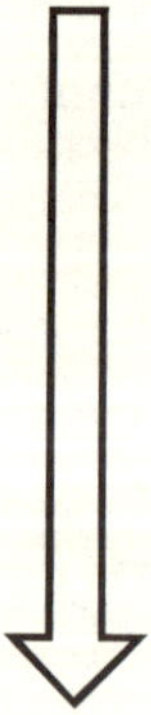

Vorbereitung

Die letzten Tage vor dem Fest

Der Einstieg

Die verschiedenen Programmpunkte

Der Ausklang

Aufräumen

...und nach dem Fest

2) Der Festraum/ Festplatz

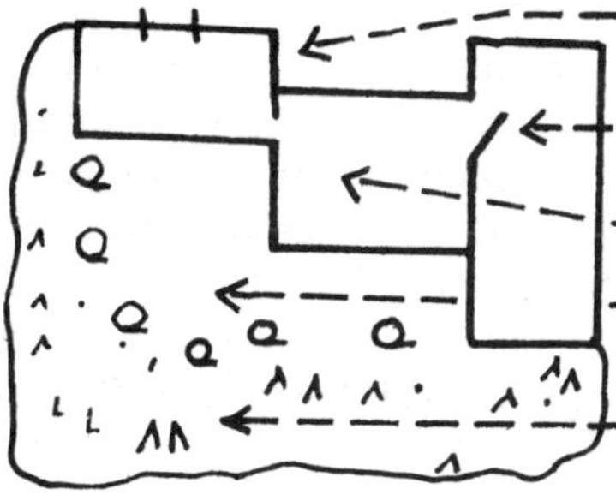

3) Die Farben der Pünktchen bedeuten:

Die Farben der Pünktchen bedeuten:

rot	– das gefiel mir besonders, herzlichen Glückwunsch
grün	– darüber möchte ich gerne etwas reden
blau	– da war mir etwas unklar, das hat mich gestört
gelb	– Entschuldigung
braun	– da möchte ich etwas ändern

Jeder Mitarbeiter bekommt nun von jeder Farbe drei Klebepünktchen und kann sie nach eigenem Gutdünken auf die beiden Plakate „Zeit“ und „Raum“ kleben. Wenn alle ihre Pünktchen vergeben haben, kann jeder im kleinen Rundgespräch dazu Stellung beziehen. Jemand sollte Stichpunkte mitschreiben.
Dauer: max. 30 min.

Der Apfelbaum
An der Wand hängt ein Wunschapfelbaum. Jeder Teilnehmer bekommt drei Wunschäpfel frei. Darauf kann er jeweils einen Wunsch für spätere Feste schreiben und an den Baum hängen. Wenn der Baum fertig ist, kann jeder noch sagen, welcher Wunsch der Schönste ist.
Dauer 15 min.

Der Irrgarten
Auf dem Boden sind jetzt noch weitere Klebestreifen aufgeklebt worden, soviele, daß sie sich kreuzen wie viele Schienen auf einem großen Güterbahnhof. Alle

Mitspieler stellen sich jetzt mit beiden Füßen auf den Klebestreifen. Bei dem ersten Pfiff gehen sie langsam und vorsichtig los, man darf nie den Klebestreifen verlassen, begegnet man jemandem, muß man vorsichtig aneinander vorbei. Achtung, nicht danebentreten. Bei Sackgassen muß man bis ans Ende gehen und dann rückwärts bis zur nächsten Kreuzung laufen. Ertönt ein zweiter Pfiff, sollte man genau den Klebestreifen beachten, denn irgendwo ist ein kleines **A** Ausgang aufgemalt. Wer dort angelangt ist, kann den Irrgarten verlassen.

Eine(r) steht dort, beglückwünscht alle herzlich, daß nun doch nach der langen Irrgartenreise ein Ausgang gefunden wurde, und überreicht ein kleines Abschiedsgeschenk mit vielen guten Wünschen, sich nicht mehr zu verlaufen.
Dauer: je nach Abschied 15–20 min.

Geschenke

Geschenke kosten Zeit, Ideen und Einfühlungsvermögen, aber nicht viel Geld.

Eine kleine materielle Aufmerksamkeit erfreut viele Menschen, originelle Ideen erhöhen den Reiz. Hier einige Beispiele:

- ☐ Von jedem Mitarbeiter wurde während des Festes ein Foto gemacht.
- ☐ In einem Tonblumentopf wurde ein Kuchen für jeden gebacken.
- ☐ Ein handsigniertes Festplakat.
- ☐ Eine Wunderkerze, die gleich angebrannt wird.
- ☐ Eine Cassette mit Musik und anderen Tönen aus der Einrichtung.
- ☐ Ein Drachen, der wirklich fliegt…

Trampeltier und Tatzelwurm

Teil 2

1. Feste mit der Kindergruppe

Für die Kinder etwas Besonderes, für uns ein alter Hut.

Ein Fest in der Kindergruppe ist für die Kinder immer etwas Besonderes. Nicht jede(r) Erzieher(in) kann dieses Gefühl teilen; wir Erwachsene denken anders als kleine Kinder. Für uns ist schon vieles klarer und durchschaubarer, wir erleben weniger Überraschenderes im Kindergarten. Was bei uns oft beruflicher Alltag ist, ist bei den Kindern Abenteuer, Aufregung, spannendes Erlebnis.

Gruppenfeste heben Anlässe oder Personen in den Vordergrund. Verbinden Sie Geburtstagsfeiern der Gruppenkinder auch einmal mit inhaltlichen Schwerpunkten, vielleicht einer Lieblingsaktivität des Geburtstagskindes. Nicht immer braucht ein Fest den ganzen Tag andauern, oft reicht eine Stunde aus.

Hier sind erst einmal einige Kinderfestideen mit kurzen Stichpunkten zum Programm aufgeführt. Danach folgen drei etwas ausführlichere Darstellungen von kleinen Festen für die Gruppe.

Feste brauchen eine Melodie.

Bei der Vorbereitung sollte man auf die Einteilung der Programmelemente achten; eine Dreiteilung ist dabei schon recht hilfreich:

Einstimmung Hilfen zur Orientierung, Motivation, spannend machen, Anläße deutlich werden lassen, möglichst alle zusammen handeln.

Hauptteil Gemeinsam vorbereiten, verschiedene Aktivitäten erleben, auch Untergruppen mit verschiedenen Programmen sind möglich.

Ausklang Gemeinsamer Abschluß, Höhepunkte schaffen, Ausklang ermöglichen.

2. Beispiele

Bananenfest
Wo kommen die Bananen her, Urwaldspiele, wir machen uns Bananenquark, Festessen.

Kerzenfest
Viele verschiedene Kerzen anschauen und anzünden, selber Kerzen machen, Kerzengeschichten, auspusten.

Geräuschefest
Geräusche raten, Geräusche selber machen, was macht Geräusche, laute und leise Spiele.

Backfest
Pantomimisch Backen, Bäckertanz, Teig herstellen, backen, Plätzchen essen, Bäckerlied.

Kissentag
Jeder bringt sein Lieblingskissen mit, Kissenspiele, gemeinsames großes Kuscheln.

Tommy hat Geburtstag

Beispiel:
Ein Fest für
Tommy Sausewind

Tommy spielt sehr gerne und tobt oft genug herum. Deswegen nennen ihn alle Tommy Sausewind. Tommy hat sich zum Geburtstag viele neue Spiele gewünscht. Nun, neue Spiele zu finden, ist gar nicht so leicht. Deswegen habe ich für Tommy einige Sausewindspiele aufgeschrieben. Vielleicht sind einige dabei, die Sie oder Tommy noch nicht kennen, versprechen kann ich das allerdings nicht. Die meisten Spiele sind sehr laut und machen viel Krach und Spaß.

Pommes
Tommy mag gerne Pommes, deswegen spielen wir zu Anfang das Pommesspiel. Alle sitzen im Kreis und ein Erwachsener stellt Fragen; auch Tommy oder andere Kinder dürfen Fragen stellen. Alle Kinder rufen als Antwort so laut es geht: „Pommes"!
Was ißt Tommy am liebsten?
Womit putzen wir uns die Zähne?
Was hat Tommy in der Badewanne?
Was schwimmt beim Goldfisch im Teich?
Womit löffelt Tommy sein Eis?
Was sind die schönsten Bausteine?
usw..

Kirmes
Tommy ist schon etwas älter, er kann schon bis fünf zählen. Er darf deshalb alle Kinder abzählen, so daß immer kleine Gruppen mit fünf Kindern im Stuhlkreis

stehen. Nun erzählt der Erwachsene den Kindern nochmal die Geschichte vom Besuch auf der Kirmes. Wenn eine Tröte ertönt, müssen alle Kindergruppen recht schnell das Wort darstellen, welches nach dem Tröten folgt: Karussell, Schiffschaukel, Autoscooter, Losbude, Eisverkäufer, Raupe, Achterbahn, Glücksrad, Blumenverkäufer, Ponyreiten usw..
Natürlich sollten auch alle Töne mitgespielt werden.

Monatskreis
Nun sind wir zurück in den Kindergarten gekommen. Tommy spielt jetzt mit den anderen Monatskreis, nacheinander setzt Tommy alle Kinder in den Kreis. Erst die, die im Januar Geburtstag haben usw..., wenn alle sitzen, setzt sich auch Tommy an die richtige Stelle.

Schlangenspiel
Aus einer Kiste holt ein Erwachsener vorsichtig eine große Schlange (langes Band) heraus. Jedes Kind hält das Band mit einer Hand fest, und schon ist die Schlange fertig. Tommy ist Schlangenbeschwörer, er darf Hindernisse für die Schlange aufbauen und ihr den Weg zeigen. Zum Schluß stopfen alle die Schlange gemeinsam in die Kiste.

Storch und Frosch
Tommy ist der Storch, alle anderen sind die Frösche. Der Storch steht auf der Stelle und darf mit den Füßen seinen Platz nicht verlassen. Alle Frösche hüpfen durch den Raum und quaken dabei. Jeder Frosch, der vom Storch erwischt (berührt) wird, verwandelt sich auch in einen Storch, der wiederum Frösche fangen kann. Manchmal schlägt der Erwachsene auf eine Trommel, dann müssen alle Frösche ruhig sitzen bleiben. Nur der Storch (die Störche) dürfen sich dann zwei Schritte bewegen. Erwischen sie dabei einen Frosch, wird der auch zum Storch. Das Spiel ist dann zu Ende, wenn es keine Frösche mehr gibt.

Großes Ding Dong
Zum Abschluß spielen wir für Tommy ein großes Ding Dong. Alle Kinder sitzen im Kreis. Der Erwachsene holt einen großen Holzlöffel aus der Kiste. Nacheinander übt er mit zwei bis fünf Kindern verschiedene Geräusche ein. Jede Kleingruppe hat ein Geräusch zu machen: Ding-Dong, Ding-Dong; Brummel-Brummel; Rattatata; Uiuiuiuiui; huhuhuhuh; usw..
Für alle gilt die Regel: Wenn der Löffel nach unten zeigt, leise flüstern. Je höher der Löffel gehalten wird, um so lauter werden die Kinder.
Wenn alle Gruppen das geübt haben, geht es endlich los mit dem großen Geburtstags – Ding-Dong, alle zusammen, erst leise und zum Schluß ganz laut. Natürlich darf sich Tommy eine Zugabe wünschen.

weitere Spiele für kleine Feste

Stöckchen
Alle sitzen im Kreis. Der Erwachsene steht in der Mitte und hält ein Stöckchen hoch, läßt es los und ruft dabei einen Namen. Dieses Kind muß das Stöckchen fassen, bevor es am Boden liegt. Schnappt es den Stab, ruft es einen neuen Namen. Die Größe des Kreises ist vom Alter abhängig.

Ringfangen
Jedes Kind steht in einem kleinen Kreis oder auf einer Zeitung. Nur zwei Kinder haben keinen Ring. Das eine Kind fängt das andere (abschlagen). Wenn nun das zu fangende Kind einen Kreis betritt, so muß das Kind, welches sich im Kreis ausgeruht hat, weiterlaufen.

Geisterbahn
Ein Faden wird quer durch den Raum gespannt, an ihm werden verschiedene Gegenstände aufgehängt. Nun kann ein Kind oder ein Erwachsener mit geschlossenen Augen am Faden entlanggehen und fühlen, riechen, vielleicht auch einmal raten. Gut ist es, wenn jemand dazu eine spannende Geschichte erzählt.
Material: ein fester Faden, versch. besonders riechende, sich absonderlich anfühlende Gegenstände (z. B. stachelige Kastanie, Seife, Schwamm, Rinde, Küchensieb, Zitrone, Knoblauch, Rose, Fell, Bienenwachs usw.)

Lufthindernisse
Aufgeblasene Luftballons werden an einer Schnur in Kopfhöhe der Kinder quer durch den Raum gehängt. Die Kinder können darunter herlaufen, mit Händen u. Köpfen die Ballons stubsen etc.
Variante: es werden mehrere Schnüre mit vielen Ballons aufgehängt, die man zunächst *nicht* berühren darf.

Elefantenparade
Die Kinder stehen im Kreis. Alle fassen sich nun mit den rechten Fingern an die Nase. Durch das Loch, das der rechte Arm bildet, stecken sie den linken Arm. Das ist der Rüssel des Elefanten. Nun marschieren die Elefanten laut trampelnd und trompetend im Kreis herum. Vielleicht kennt der eine oder andere Erwachsene ein passendes Lied zur Elefantenparade.

Kisten tragen
Alle stehen im Kreis. Der Erwachsene kommt mit einer Kiste in den Kreis. Er fragt ein Kind: „Hilfst Du mir tragen?" Dann gehen die beiden einmal um den ganzen Kreis herum. Der Erwachsene stellt sich in den Kreis. Das Kind fragt dann ein anderes: „Hilfst Du mir tragen?" usw.

Glöckchen
Die Kinder laufen kreuz und quer durch den Raum. Vorher wird folgendes vereinbart: Wenn das Glöckchen ertönt, müssen alle unter den Tisch kriechen. Andere Aufgaben können sein: – auf einen Stuhl klettern – auf

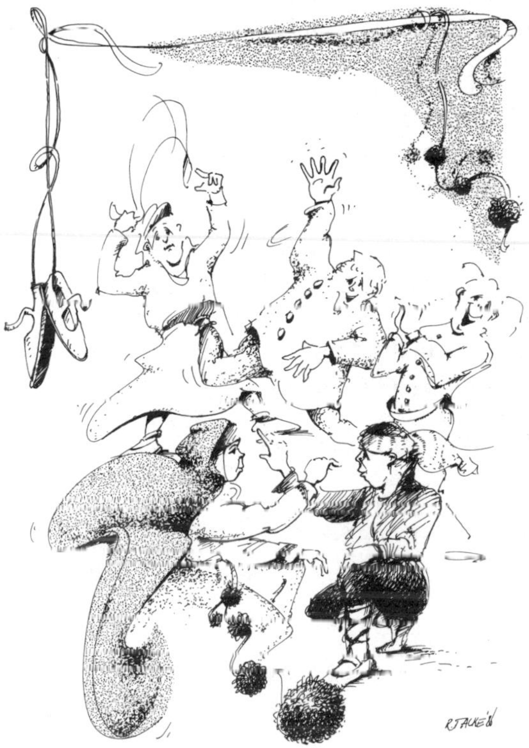

den Rücken legen – auf den Bauch legen – irgendwo verstecken.
Nach der erledigten Aufgabe laufen die Kinder immer wieder durch den Raum, eventuell nach Musik.
Variante: mehrere Glöckchen, d. h. mehrere Aufgaben.

Kullerhaufen
Immer zwei Kinder liegen so auf dem Boden, daß nur die Füße „zusammenkleben". Nun kullern beide durch den Raum, ohne daß die Füße auseinandergehen. Sie kleben also die ganze Zeit zusammen. Dieses Spiel bietet viele Varianten. Man kann mit fast allen Körperteilen zusammenkleben. Manchmal ist auch eine gerade Spielerzahl nicht nötig.

Überraschungsknäuel
Alle sitzen im Kreis. Der erste hält den Anfang des Wollknäuels fest und gibt das Knäuel nach rechts weiter. Jeder hält das Garn fest. Fällt ein Überraschungsteilchen heraus, so darf der es behalten, bei dem das Knäuel sich gerade befindet.
Material: Wollknäuel, in das kleine Überraschungen eingewickelt werden (z. B. kleine Holztiere, Anhänger, Bonbons u. ä.)

Das Lied vom Hampelmann

Hampelmann, Hampelmann
dreh dich, dreh dich
(um die eigene Achse drehen)
Hampelmann, Hampelmann
macht sich krumm und denkt nicht dran.
(nach vorne beugen)

Hampelmann, Hampelmann
heb dein Bein und was ist dann?
(auf einem Bein stehen)
Hampelmann, Hampelmann,
das war fein, was ich so kann.
(alle klatschen)

Zirkus Bimmel Bammel

Der Zirkus ist eine sehr interessante Spielidee für die Gruppe. Auch kleinere Kinder werden sich für diese Möglichkeit begeistern können. Die Ausstattung hilft vielen ins Spiel hinein und/oder reizt zum Mithandeln. Das Geheimnis dieser Spielidee, viele kleine verschiedene Darstellungen (Szenen, Nummern) werden in einen allseits bekannten äußeren Rahmen gefügt. Hierbei können die einzelnen Gruppen ihren Anspruch, Schwerpunkt und ihre Form finden. Für den, der kleine Aufführungen anregen möchte, hier einige Tips:

Ein größeres Fest für viele Kinder

Mit den Kindern sollte vorher ein Zirkus besucht werden. Da die hier beschriebene Ausstattung nicht von den Kindern selbst erstellt werden kann, wäre dies eine Aufgabe für einen Elternkreis oder für die Mitarbeiter, eine „Zirkuskiste" mit Gegenständen und Kostümen zusammenzustellen.

Zu der Aufführung können auch andere Kinder eingeladen werden – die Vorbereitung sollte in kleinen Gruppen vorher geleistet werden. Die Aufführung ist dann das eigentliche Fest.

Auch die gemeinsame Vorbereitung gehört zum Fest.

Entree – Direktor – August

(Trommelwirbel – Tusch – Musik – Der Direktor tritt auf, er glänzt.)

Direktor: Meine Damen und Herren ich begrüße Sie!... Sie sind ein wundervolles Publikum und Sie haben heute... die richtige Wahl getroffen. Sie sind hier. Ich bin sicher, meine Damen und Herren, bei unserem Gala-Programm werden Ihnen die Tränen kommen. Tränen vor Lachen, Tränen vor Aufregung. Das Staunen wird kein Ende nehmen.
(August kommt laut polternd mit Koffer u. Rakete herein)

August: Hier – hallooo – Herr Direktor, Herr Direktor!
(August verbeugt sich in Richtung Vorhang.)

Direktor: Aber August, da ist doch das Publikum!

August: Wo? Wo? Wo? *(August dreht sich um, erschrickt)* Aaah, oohh, soviele Leute. *(Klammert sich an den Direktor, zittert lange)* Ich hab' Angst.

Direktor: Wovor denn, August?

August: Ich habe Angst. Die gucken alle hierüber.
Direktor: Die hören alle meine Ansage. *(August hört auch überall hin.)*
August: Wo steckt sie denn, ich höre sie nicht?
Direktor: Wer?
August: Deine Ansage?
Direktor: Aber August, ich habe die Leute begrüßt.
August: Schööön, darf ich auch einmal, Herr Direktor???
Direktor: Gut, aber mach schnell, August. *(August holt aus dem Koffer eine kleine Gießkanne und beginnt die Zuschauer zu bespritzen)* Was tust Du August!
August: Ich begieße das Publikum!!!!!

Clowns

Die Clowns sind die eigentlichen Stars des Zirkus. Doch Clown zu spielen, ist nicht immer leicht. Wenige, gut eingeübte Clownnummern sind bei einer Zirkusaufführung besser als viele schlechte Clownszenen, über die man nicht mehr lachen kann. Hier kurzgefaßt einige Regeln für das Clownspiel:

1) Deutlich, langsam sprechen, die Endungen nicht verschlucken.
2) Den anderen aussprechen lassen, zwischen den Beiträgen eine kurze Atempause machen.
3) Die Hände nicht zu schnell bewegen.
4) Mimik stark betonen.
5) Exakt proben.
6) Verschiedene Clowns sollen sprachlich voneinander gut zu unterscheiden sein.

Es gibt zwei Grundtypen von Clowns:

Der weiße Clown

Achtung, möglichst mit Wasserschminke arbeiten, die sich leicht wieder entfernen läßt.

Das Kostüm eines weißen Clowns wird aus hellem glänzenden Stoff hergestellt (Kunstseide, Futterstoff). Der weiße Clown trägt einen durchgehenden weißen Hosenanzug mit einer Halskrause.
Ein weißer Clown schminkt sich so:
Das Gesicht ist ganz weiß,
ein kleiner roter Mund und
schwarze betonte Augen...
Dazu ein spitzer Hut mit Punkten.

Der dumme August

Der dumme August ist etwas langsam im Denken, er bewundert alles und nimmt vieles wörtlich. Obwohl er unbeholfen und ungeschickt wirkt, bleibt er doch oft der Schlauere. Seine Kleidung ist entweder zu klein oder zu groß.

Die Hose – Durch einen eingesetzten Zwickel kann die Hose erweitert werden. Dann wird mit Tesakrepp ein Muster auf die Hose geklebt (Streifen oder Karos). Die freie Fläche kann dann mit Lack besprüht werden. Nach einer Stunde trocknen können die Klebestreifen abgerissen werden.

Die Jacke – Ein ausgedienter Mantel oder Morgenrock wird, wie auf der Zeichnung dargestellt, zu einem Frack zugeschnitten. Kragen und Manschetten und Knöpfe sind aus Pappe bzw. Filz zusätzlich ausgeschnitten und angeheftet. Dazu kommt noch eine große Papierblume. Unter dem Frack trägt der Clown ein Ringelhemd und eine große Fliege.

Die Schuhe – Übergroße Schuhe sind wichtig. Gehen muß man üben. Als Grundlage dient ein Paar alter Schuhe. Auf diese Schuhe werden Überschuhe gesteckt und mit den Sohlen festgeklebt.
Das Oberteil ist aus Filz oder Lederersatz, es wird auf eine dicke Pappsohle aufgenäht. Eventuelle Leerräume werden mit Schaumgummi ausgefüllt. Mit einer Schnur kann der Überschuh zusätzlich befestigt werden.

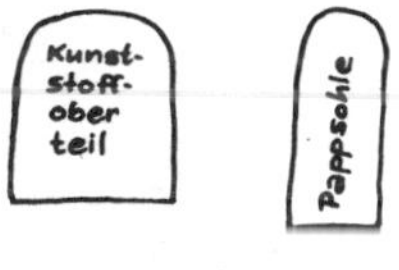

Maske und Perücke – Der Grund ist weiß, Augen werden mit schwarz unterstützt, eventuell werden die Augenbrauen sehr hochgezogen. Der Mund ist rot und groß geschminkt. Die Nase ist rot und aus Pappe. Die Perücke aus einem Strumpf und roter Wolle nähen.

Perücke:
Strumpf und
rote Wolle

Schmetterlingstanz

An langen dünnen Stäben werden „Schmetterlinge" aus buntem Kreppapier befestigt. Die Schmetterlinge führen nach einer Musik mit verschiedenen Rhythmen einen Tanz auf.

Zirkus
Bimmel Bammel
R.TACKE '86

Tierdressur
Die Kinder verkleiden sich als Tiere, z. B. Bär, Affe, Fuchs, Panther, Pinguin, Pferd, Löwe, Maus usw. Dann gehen und tanzen sie über einen Balken (Brett), der auf zwei Stühle oder Kästen gelegt wird. Ein Dompteur läßt alle über den Balken laufen. Einige steigen danach durch einen großen Reifen oder machen andere kleine Kunststücke.

Die Wette
Direktor: Hallo August, August, wo bist Du denn? Komm her – willst Du mit mir wetten?
August: Eine Wette wetten, ui, ui, ui, da verliere ich bestimmt.
Direktor: Nein, bei dieser Wette gewinnst Du auf jeden Fall.
August: Auf jeden Fall?
Direktor: Auf jeden Fall, es ist ganz leicht. Hör zu, wenn Du immer ja sagst, gewinnst Du. Wenn Du einmal nein sagst, hast Du verloren!
August: Bei ja gewinne ich, bei nein gewinnst Du, das ist ja ganz leicht! Hihi, wir wetten, die Wette gilt, Herr Direktor.
Direktor: Wir wetten also.
August: Ja.
Direktor: Um 50,– DM
August: Jaa 50,– DM, Ohhh!
Direktor: Und Du sagst immer ja!
August: Ja.
Direktor: Und niemals nein!
August: N-jaaa!
Direktor: Gut, sehr gut! *(Legt dem August vertraulich den Arm über die Schulter.)* Aber sag' August, kennst Du am Ende dieses Spiel schon?
August: *(tappt in die Falle)* Nein ...!
Direktor: Verlooooren ... hahaha! Du hast nein gesagt, August ... Los ... 50,– DM!
August: Oh, Hilfe, oh, ich habe keine 50,– DM!
Direktor: Dann gib mir Deine Hose!
August: Ich habe nur eine Hose, die gebe ich Dir nicht!
(flüchtet halsüberkopf aus der Manege) HILFE! HILFE! HILFE!

Das Ungeheuer

Ein Ungeheuer zu bauen, ist eine schöne Sache. In der Manege kann ein Ungeheuer eine lustige Zwischennummer sein.
Ein langes Tuch wird mit Löchern versehen. Es sollten wenigstens drei Kinder mitmachen.
Der Drache kann auch zu anderen Zwecken eingesetzt werden.
Der Drachenkopf wird als Puppenkopf hergestellt und vom ersten Kind getragen.

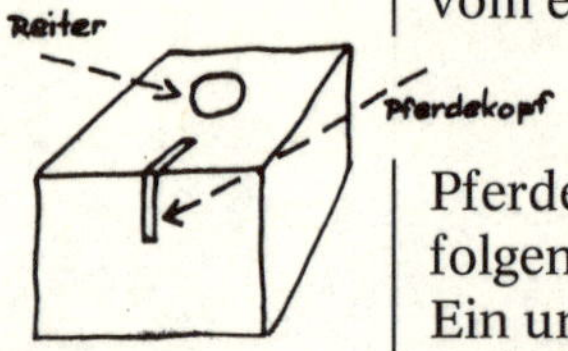

Pferde

Pferde kommen im Zirkus häufig vor. Sehr praktisch ist folgende Verkleidung:
Ein unten offener Karton wird eingeschnitten
Loch für Reiter Schlitz für Pferdekopf
Dann werden Kopf, Seitenteile und Schweif angeklebt.
Mit zwei Trageschnüren ist das Pferd schon fertig.
Je mehr Pferde nach Musik möglichst gleichmäßige Formen tanzen, desto eindrucksvoller ist das Bild. Es sollte immer nur ein Pferdchen aus der Reihe springen.

Kraftmensch

Das stärkste Kind der Welt kann heben und biegen und ziehen. Gewichte aus Styropor schwarz anmalen, in der Mitte ein Papprohr.
Biegsame Eisenstangen: schwarzer Schlauch mit einem dicken Draht. Seilziehen: ein Kind zieht fünf andere durch die Manege.

Schlangenbeschwörung

Ein ausgestopfter Strumpf wird zur Schlange. Zwischen Schlangenkopf und Flöte ist eine Angelschnur befestigt.
Die Schlange liegt in einem Korb.

Seiltanz

Pantomimisch auf einer Turnbank, mit Schirm!

Orchester

Ein kleines Orchester ist sehr wichtig!
Schlagzeug: Töpfe, Kazous mit Pappröhren, verschiedene Rasseln, Tambourin, Glocken.

Kartoffelfest

Vorbereitung

Kurze Zeit vor dem Kartoffelfest wäre es schön, eine richtige kleine Kartoffelernte zu organisieren. Ein Bauer oder ein Kleingärtner lassen bestimmt eine kleine Ecke bei der Ernte stehen.
Die Kartoffeln müssen zum Trocknen ausgelegt werden.
Hier nun einige Programmelemente zum Kartoffelfest mit einer Kindergruppe:

Kartoffeln ernten

Erich reißt aus

Alle Kinder stehen im Kreis und fassen sich an. Sie sind eine große Kartoffelkiste. Erich, die Kartoffel, steht in der Mitte. Wenn es abends dunkel wird, will Erich immer ausreißen. In der Kartoffelkiste ist ein Loch (zwei Kinder heben einen Arm hoch), so entsteht ein Loch, durch das Erich hinaus schlüpfen kann. Aber erst muß Erich die Augen schließen. So nun entsteht irgendwo in der Kiste das Loch, und Erich kann es mit geschlossenen Augen suchen. Findet er es, schlüpft er ganz schnell aus der Kiste. Alle Kinder klatschen laut und Erich bestimmt, wer als nächster Kartoffel wird.

Keine Augenbinde!

Kartoffelgeschäft

Alle Kinder sortieren die vorhandenen Kartoffeln in drei Körbe; nach Größe, oder besser mit einer Küchenwaage nach Gewicht. Die schönsten Kartoffeln werden in Alufolie eingepackt.

Kartoffelfeuer

Ein großes Feuer darf nicht fehlen. In die Glut werden die verpackten Kartoffeln hineingelegt. Dann heißt es warten. Sind die ersten Kartoffeln fertig, sollte der Erwachsene beim Auspacken helfen, sonst gibt es zuviel Brandblasen.

Kräuterquark

Heiße Kartoffeln ißt man am besten mit Kräuterquark: Quark, Schnittlauch und Petersilie kleinschneiden,

Zwiebeln hacken, Pfeffer und Salz, alles in einen großen Topf und rühren ... fertig!

Wo ist die Kartoffel?
Auf einem Tisch sind kleine Schälchen aufgestellt, in jedem Schälchen liegen andere kleingeschnittene Gemüse oder Früchte (Äpfel, Birnen, Kohl, Zwiebeln). Die Kinder sollen herausfinden, welches die Kartoffel ist. Mit zugehaltener Nase ist das besonders schwer.

Kartoffel-Song

Kartoffel, Kartoffel
gelb und groß,
was machst du bloß,
was machst du bloß?
Ich werd' dich nicht verjagen,
du kommst in meinen Magen.

Kartoffel, Kartoffel
braun und rund,
bleib' doch gesund,
bleib' doch gesund.
Du brauchst dich nicht zu quälen,
bald werde ich dich schälen.

Unser Fest ist unsere Sache

Teil 3

1. Selbst ist das Kind

Selbständigkeit ist das Ziel, nicht schon die Voraussetzung.

Jüngere Kinder sind es noch nicht gewohnt, in größeren Gruppen Entscheidungen zu treffen. Selbstbestimmtes Handeln in und mit Gruppen ist deshalb in unserer Arbeit mehr Ziel als Voraussetzung. Selbständigkeit in Gruppen kann durch zwei Aktivitäten besonders gefördert werden:

☐ *Kinder brauchen Freiräume* (um sich selbst Regeln zu geben, um die Folgen ihres Handeln zu erkennen usw.).
☐ *Kinder brauchen Anregungen und Hilfen* (um Entscheidungen zu treffen, um Programme zu gestalten usw.).

Daraus ergeben sich folgende praktische Handlungsmöglichkeiten für Mitarbeiter in Einrichtungen:

Freiräume erschließen
Viele Entscheidungen werden durch Traditionen und organisatorische „Notwendigkeiten" den Kindern schon abgenommen. Auch Ihre Interessen und Vorlieben engen die Entscheidungsräume der Kinder ein. Oft geschieht dies in beängstigender Selbstverständlichkeit. Das Mitarbeiterteam sollte öfters darüber nachdenken, ob nicht die folgenden Entscheidungen von den Kindern selbst getroffen werden können:

Freiräume für Kinder sind nicht einfach „da", sie müssen geschaffen und durchgesetzt werden, notfalls auch gegen die Interessen anderer Mitmenschen.

Wann wird gegessen?
Wann wird mit was gespielt?
Wo kann ich spielen?
Wann kann ich mich ausruhen?
Was machen wir jetzt zusammen?

Solche einfachen, elementaren Kinderfragen berücksichtigen natürlich nicht das komplizierte Bedingungsgefüge einer Einrichtung. Für Erwachsene, die den Rahmen der Freiräume gestalten, sehen die Fragen anders aus:

Bestehen wir auf unseren vorbereiteten Angeboten?
Legen wir die Aufsichtspflicht so aus, daß Kinder immer zu kurz kommen?
Bauen und richten wir unsere Einrichtungen so ein, daß sie unvariabel sind?
Ist unser Geschmack und unser Ordnungsbedürfnis allein maßgeblich?
Sind uns Rechte und Vorlieben der Eltern immer wichtiger als Rechte und Vorlieben der Kinder?
Überfordern wir Kinder nicht durch zuviel und zu vorstrukturiertes Spiel und Gestaltungsmaterial?
Greifen wir bei Konflikten und anderen Erfahrungen der Kinder nicht zu früh ordnend ein?

Wir haben für uns auch wenig Spielraum.

Regeln und Programme gemeinsam gestalten
Der „freieste Raum" reicht nicht aus, wenn 25 Kinder ihn gleichzeitig benutzen wollen. Wir brauchen deshalb Regeln und Programme. Wir sollten Gelegenheiten geben, daß Kinder sich bei der Gestaltung von Regeln und Programmen beteiligen. Mitzugestalten ist nicht

immer einfach für Kinder, die sich in einer neuen und noch unüberschaubaren Welt zurechtfinden müssen.

Das „Freispiel" ist für Erzieher keine Verschnaufpause.

Deswegen brauchen Kinder neben Freiräumen auch Anregungen und Ermunterung, diese Freiräume zu nutzen. Das beliebte Wort „Freispiel" ist ein Anspruch an Erzieher, leider keine Verschnaufpause.

Bei der Gestaltung von Regeln und Programmen sind folgende Punkte zu beachten:

Kinder sind anders als Erwachsene

- ☐ Kinder denken anders als wir Erwachsene, für sie gibt es noch keine umfassende, logische, gedankliche Ordnung.
- ☐ Kinder haben eine mehr ichbezogene Sichtweise, sie leben auch sehr stark in der Gegenwart und können wenig in die Zukunft planen oder Zurückliegendes reflektieren.
- ☐ Kinder haben ein sehr starres Verständnis von Regeln; daß man Regeln auch verändern kann, ist für Kinder nicht immer einleuchtend.
- ☐ Kinder haben keine Zeit, lange und klärende Gespräche zu führen, sie haben viele andere wichtige Dinge im Kopf. Handeln und Denken sollten eng beieinander liegen.

2. Spielaktionen und Spielfeste

Die folgenden Spielaktionen sind unter dem Gesichtspunkt zusammengestellt, daß Kinder zu Entscheidungen, zum Planen, zur Kooperation angeregt werden. Sie können sich dabei für überschaubare Aufgaben entscheiden und sie auch weitestgehend selbständig einlösen. Ob zu allen Spielaktionen oder Spielfesten noch viele Erwachsene eingeladen werden können, ist von Fall zu Fall zu entscheiden, da das die Kinder auch überfordern kann. Diese Spielfeste sind auch eher für die 5- bis 7jährigen Kinder gedacht.

Projekte für die älteren Kinder, besonders in Hort und Grundschule

Kirmes
Die Kinder erstellen einzelne „Stände“ und feiern zum Schluß eine gemeinsame Kirmes.
Beispiele: verschiedene Geschicklichkeitsspiele, Los-und Rätselbuden, Märchenzelt, Getränkestand, Salatecke, Fotostand, Disco, Schaukeln usw..

Kinderflohmarkt
Kinder sammeln oder basteln verschiedene Produkte, zum Schluß wird ein gemeinsamer Markt mit Gästen veranstaltet.

Inselfahrt
Jede Insel hat eine „Bevölkerung“ mit einer eigenen Verkleidung, Sprache, eigenen Gerichten und eigenen Gewohnheiten. Eine Gruppe spielt Schiffsbesatzung mit Reportern. Das Schiff fährt von Insel zu Insel, wenn es weiter fährt, kann man mitfahren.

Freizeitpark
Auf der Wiese wird bei gutem Wetter gemeinsam ein Freizeitpark errichtet mit:
Höhlen – zum Ausruhen und Verkriechen,
Hütten – die man sich selber bauen kann,
Teich – um Schiffe schwimmen zu lassen,
Malecke – mit einer großen Malwand,
Theater – wo viele Stücke aufgeführt werden können,
usw..

Museum
Kinder sammeln und basteln gerne. Wir spielen Museum, in dem alles, was wir gesammelt und gebastelt haben, ausgestellt wird:
Knochen, Denkmäler, Käfer, versch. Wäscheklammern, Vogelfedern, Autos, Bilder, Steinmännchen, Laternen, Steine, alte Dosen usw..
Zum Schluß kommen viele Besucher und lassen sich alles erklären.

Tierpark
Wir verkleiden uns als unterschiedliche Tiere, basteln dazu auch Masken; zum Schluß gibt es eine große Tierkonferenz.

Modeschau
Alle stellen verschiedene Kleider her, eine zusätzliche Kleiderkiste kann dabei sehr hilfreich sein. Zum Schluß werden die Produkte vorgestellt.

Geisterbahn
Wir denken uns verschiedene gruselige Sachen aus; in einem Extraraum werden viele Tücher von der Decke gehangen, einige kleine Lichter (Taschenlampen) brauchen wir auch. Dann wird der Raum ganz dunkel gemacht. Am Eingang warten schon die neugierigen Besucher.

Märchenrätselschloß
Kleine Gruppen denken sich kurze Szenen aus, verkleiden sich. Die Besucher müssen nun erraten, was das wohl für ein Märchen ist?

Achtung: Erwachsene sollen die Kinder unterstützen, Ihnen nicht das Spiel aus der Hand nehmen.

Alle diese kleinen Spielaktionen können auch bei größeren Festen mit *aktiver* Unterstützung der Eltern im Aktionsteil gespielt werden.

Was hindert uns am feiern?

Teil 4

1. Kulturelle Vielfalt

Wir leben in einem Land, in dem viele kulturell unterschiedliche Gruppen nebeneinander existieren. Zuerst einmal ist das eine spannende Sache; wenn wir „andere" Menschen kennenlernen wollen, können wir das vor unserer Haustür. Doch die Vielfalt birgt auch Probleme: Kulturen sollten ihre Identität erhalten, doch manche Gewohnheiten, Weltanschauungen, Vorlieben der Menschen sind sehr unterschiedlich. Mißverständnisse sind da nicht auszuschließen.
Um Vorurteile zu vermeiden, braucht man viele Informationen. Wenn man weiß, warum Andere anders sind, fallen negativ gefärbte Bewertungen weniger häufig an. Die anderen Kulturen zu kennen, ist jedoch sehr mühsam. Umfangreiches Wissen und die Fähigkeit, aus anderen Blickwinkeln die Menschen zu betrachten, ist Voraussetzung.
Menschen aus anderen Kulturen sind im Kindergarten meist Minderheiten, die Mehrheiten fallen mehr ins Gewicht, haben mehr Macht. Seien Sie Anwalt der Minderheiten. Überprüfen Sie, ob nicht vieles Selbstverständliche andere vor den Kopf stößt.

Beispiele:

Muslimische Familien feiern sehr gerne und ausgiebig Feste, hier ist ein guter Anknüpfungspunkt. Es gibt aber Zeiten, z. B. der Ramadan, der Fastenmonat, dann sind Feiern und Feste nicht üblich.
Oft sind türkische Kinder in unseren Einrichtungen. Gerade über deren Gewohnheiten, besonders auch der Eltern, sollten wir uns sehr umfangreich informieren. Natürlich sind nicht alle Probleme so offenkundig und durch mehr Informationen lösbar. Ein anderes Beispiel zeigt das sehr deutlich:

Traditionen muß man kennen, um mit ihnen leben zu können.

Hängt Ihnen der Karneval nicht zum Halse heraus, finden Sie die „aufgesetzte Fröhlichkeit" nicht manchmal schon abstoßend? Karneval ist ein katholisches Fest und

als Kontrapunkt zur anschließenden Fastenzeit gedacht. Wer nicht „fastet“, hat es immer etwas schwer mit dem Karneval.
Viele kirchlichen Feste haben eine religiöse Grundlage. Menschen, die diese Lebensform nicht mehr pflegen, feiern trotzdem noch „Weihnachten“ oder „Nikolaus“. Sie stecken mittendrin und haben vielleicht ein ungutes Gefühl.
Es gibt auch positive Beispiele; so der gute alte St. Martin. Das ist die Geschichte von einem Menschen, der sich verwandelt von einem Leuteschinder und Totschläger in einen, der allen das gleiche Hab und Gut zubilligt und dies durch seine Mantelteilung auch sehr anschaulich darstellt. Laternenumzüge und Martinspiele veranstalten heute auch Einrichtungen, die eine Heiligenverehrung nicht nachvollziehen können.

2. Soziale und individuelle Probleme

Neben kulturellen Problemen gibt es noch eine Vielzahl anderer Ursachen, die in den Einrichtungen Beachtung finden sollten. Hier einige Beispiele:

Männer sind arme Menschen

□ Jüngere Kinder werden heute noch überwiegend von Frauen erzogen. Männer sind in Einrichtungen nicht so häufig zu finden. Dadurch, daß die Männer wenig Zeit in den Einrichtungen verbringen und einige auch noch ein festgefügtes Bild der Rollenteilung haben, sind sie oft unsicher, wissen nicht genau, wie sie sich verhalten sollen. Denken Sie sich für diese große „Außenseitergruppe“ interessante Aufgaben aus, bieten Sie Gelegenheiten, sich in Ihrem Bereich zu aktivieren.

Für Kinder existiert noch kein idealer Gesundheitszustand.

□ Menschen, die durch Krankheiten augenscheinlich gezeichnet sind, werden in unserer „gesunden“ Gesellschaft leicht zu Außenseitern gemacht. Gerne steckt man diese Menschen in Sondereinrichtungen, sie sind dann unter sich und stören nicht das Bild eines prallen Lebens. Auch kleine Kinder müssen lernen, daß es Krankheit gibt und wie Menschen sich damit auseinandersetzen. Der Umgang mit behinderten Menschen ist für uns Erwachsene oft viel problematischer, als Kinder ihn sehen.

Wir fördern Vorurteile, ohne daß wir es wissen.

Die Diskriminierung von „Randgruppen“ oder Minderheiten ist oft in unserer Sprache schon festgeschrieben. Wir benutzen Worte, die Vorurteile provozieren. Neger ist ein Schimpfwort, sie tragen sowenig Baströckchen wie Bayern Schottenröcke und leben kaum noch im Urwald. Viele Kleinigkeiten, Lieder, Verse, Spiele usw. sind oft nicht kindgemäß übersetzt, sondern es werden zusätzlich Vorurteile transportiert.

Kinderdisco zauberhaft

Teil 5

1. Was gehört zur Kinderdisco?

Viel Platz

Die räumlichen Bedingungen: viel Platz, viel Luft, wenig Ablenkung, Spiegel an der Wand, eventuell verschiedene Lichtquellen, einen Boden, auf dem man sitzen kann, sehr günstig ist ein Turnraum o. ähnliches.

Gute Geräte

Das technische Gerät: Eine mittlere Musikanlage sollte es schon sein, mit Cassettenrecorder und Plattenspieler. In vielen Einrichtungen gibt es nur kleine Recorder; diese Geräte reichen gerade aus, um in einer ruhigen Ecke eine Märchencassette anzuhören. Darum leihen Sie sich lieber ein großes tragbares Koffergerät aus und schließen Sie die kleineren Geräte an den Verstärker an. Wichtig ist nicht eine große Lautstärke, sondern ein voller Klang. Test: Wenn Sie das Gerät mit halber Lautstärke gut hören können, dann ist es gerade richtig. Noch etwas Grundsätzliches zur Musikkonserve: *Cassetten* haben den Vorteil, daß man sich ein eigenes Musikprogramm zusammenstellen kann – das ist etwas aufwendig, aber kostengünstig. Der Nachteil ist, daß man während des Festes immer wieder suchen muß und so Pausen entstehen, die die Kinder unruhig und Sie hektisch machen. *Schallplatten* haben den Vorteil, daß Sie einen direkten Zugriff haben und das es neuere Musik leichter auf Platte zu kaufen gibt. Der Nachteil sind die höheren Kosten, und Platten sind etwas anfälliger im alltäglichen Gebrauch.
Tip: Tauschen Sie mit anderen Einrichtungen.
Das Material: Zur Kinderdisco brauchen Sie einiges an Material, das Sie vielfach einsetzen können. Günstig ist es, dafür eine eigene Kiste bereitzustellen.
Grundausstattung Discokiste: Platten, Cassetten, Stäbe ca. 1 m lang, ein großes Tuch (ca. 4 x 4 m), Kreppapier, Scheren, Tesakrepp, einige kleine Instrumente (Tambourin, Glocken etc.), Bänder, große und kleine Luftballons, kleine Tücher (80 x 80 cm).

2. Bewegte Spiele mit Musik

Ich habe hier einige Spiele ausgesucht, die während einer Kinderdisco einen großen Teil des Programms abdecken können. Es fehlen Tänze, über Kindertänze gibt es genügend Arbeitshilfen und Anregungen (siehe auch Kapitel 8 – Edition Eres).

Schneeflöckchen
Alle sind Schneeflöckchen; wenn die Musik ertönt, schwirren wir durch den Raum. Jedes Schneeflöckchen kann ein anderes Schneeflöckchen antippen. Sofort friert das angetippte Schneeflöckchen ein! Jedes Schneeflöckchen kann auch „Eingefrorene" erlösen. Es braucht nur das erstarrte Flöckchen einmal um die eigene Achse drehen, dann schwirrt es wieder.

Zauberstrich
In der Mitte des Raumes ist ein Strich aufgeklebt. Er teilt den Raum in zwei Teile. Es ertönt Musik, in der einen Hälfte des Raumes sind nur Roboter, in der anderen Hälfte Schmetterlinge. Jeder kann die Trennlinie überschreiten und sich in eine andere Figur oder Bewegungsart verwandeln.

Fläche A	Fläche B
Müde + matt	ärgerlich u. wütend
Frosch	Katze
Vogel	Fisch
auf Kieselsteinen	im hohen Wasser
glattes Eis	es klebt
Brummkreisel	Schaukelpferd
mit Luftballons	mit Tüchern
Käfer usw.	Katzen usw.

Zaubertuch
Alle, die mitspielen, fassen das ausgebreitete Tuch am Rand fest an, setzen sich in die Hocke und lassen das Tuch durch Auf- und Abwärtsbewegungen flattern. Die Bewegungen werden immer größer; schließlich stehen alle auf und lassen das Tuch auf- und niederschweben. Das macht sehr viel Wind!

Varianten: Wenn viele Kinder zusammen sind, kann sich auch einmal eines der Kinder unter das Flattertuch legen oder beim Hochflattern darunter herlaufen.
Wir nehmen das Tuch in die Mitte und ziehen es stramm. Darauf werden aufgeblasene Luftballons gelegt. Zur Musik lassen wir die Luftballons tanzen.
Das Tuch ist das Meer und wir machen Wellen.
Wir werfen das Tuch hoch, lassen es los und laufen unter das Tuch.

Seifenblasen
Zuerst wird gezeigt, wie Seifenblasen durch die Luft schweben, dann spielt Musik dazu und alle bewegen sich wie Seifenblasen zur Musik. Wenn jemand keine Lust mehr hat oder müde ist, setzt er sich hin und platzt.

Spieluhr
Alle schauen und hören erst einmal eine Spieluhr an, danach wird die Spieluhr nachgespielt. Wenn die Musik läuft, drehen sich alle im Kreis, bleibt die Musik stehen, frieren alle ein.

Urwald
Zu einer weichen Musik bewegen sich alle wie Bäume im Wind. Dazu kann man noch an die Arme der Kinder grüne Kreppapierstreifen hängen. Dazwischen kriechen Schlangen und krabbeln Käfer.

Fliegende Bänder
Aus dem Kreppapier werden lange, schmale Streifen von etwa 4 cm Breite geschnitten. Ein Band wird mit Tesakrepp an das Ende eines Laternenstabes geklebt. Dann können die Kinder die Bänder zur Musik tanzen lassen.

Feuerspiel
Hier können durch Bewegung Entspannung und Phantasie gefördert werden. Die Kinder verteilen sich im Raum und liegen auf dem Boden. Nun wird passende Musik eingespielt, die Kinder empfinden mit ihren Körpern Feuer nach.

Zum Beispiel:
- erst entstehen kleine Flammen, die immer wieder zusammenfallen,
- sie vereinigen sich allmählich, werden immer größer,
- die Flammen fallen in sich zusammen,
- gelegentliches Aufflackern,
- Erlöschen

Pflanze
Samenkorn
aufplatzen, aufkeimen,
langsam durch die Erde stoßen
wachsen
knospen,

erblühen
verblühen
Frucht tragen,
verwelken,
verwesen, zu Erde werden,

Luftballons
Einer gibt den folgenden Text ein, die Kinder versuchen es nachzuspielen:
- ihr liegt wie Luftballons, die nicht aufgeblasen sind, schlaff auf dem Boden,
- langsam, ganz langsam, bläst euch jemand auf, ihr werdet voll und straff,
- ihr schwebt durch den Raum,
- plötzlich läßt euch einer blitzartig die Luft heraus, ihr zischt durch den Raum und liegt irgendwo wieder schlaff am Boden,
- langsam bläst euch wieder jemand auf, ihr schwebt und irgendwann platzt ihr und alles ist zu Ende.

Wir spielen einen musikalischen Bauernhof
Zur Musik wird eine Geschichte erzählt, darin können folgende Bewegungselemente vorkommen:

Katzen: angespannt lauern – anschleichen – zufassen – mit einem fiktiven Ball spielen – Buckel machen – sich putzen – sich untereinander balgen –

Käfer: krabbeln – flüchten – emporklettern – Material transportieren – auf dem Rücken liegen – durcheinanderlaufen – totstellen – fliegen –

Raupen: mit mehreren spielen – alleine spielen – schnell, langsam, vorwärts, rückwärts – über kleine Hindernisse kriechen –

Hahn: schreien – drohen – seine Hühner umkreisen – mit den Flügeln schlagen –

Wunderwas

Teil 6

Spiele zum Wundern, Spiele zum Ausruhen, sehr ruhige Spiele!

1. Spiele aus der Wundertüte

Erlösen
Alle sitzen im Kreis. Es ertönt leise Musik; der Erwachsene erzählt dazu eine Geschichte von den Kindern aus Stein, die in einer Höhle sitzen. Dann zündet er eine Kerze an; mit einem Zauberlöffel kann er die sitzenden Kinder langsam erlösen. Jedes Körperteil, das er berührt, kann sich ganz langsam nach der Musik bewegen. Wenn die Kerze ausgeblasen wird, werden alle wieder zu Stein.

Wundertüte
In einem großen Kuvert sind Bilder versteckt. Langsam und Stück für Stück zieht der Erwachsene ein Bild heraus. Alle Kinder raten, was wohl auf dem Bild ist. Dabei ist es sehr wichtig, daß die Kinder während des Herausziehens möglichst viele Vermutungen äußern können. Nicht aufhören, wenn der erste das richtige Wort sagt.

Zauberstab
Wer diesen Zauberstab in der Hand hält, kann die anderen in Figuren, Tiere, Gegenstände verwandeln (Hund, Ente, Schaukelstuhl, Oma, Waschbecken, Telefon, Storch etc.). Nach drei Verwandlungen muß der Zauberstab an einen anderen Spieler weitergegeben werden.

Schmusekissen
Wir brauchen für jeden ein kleines Kissen, möglichst verschiedene. Die Kissen werden in einem großen Sack hereingetragen und in die Mitte gelegt. Jedes Kind darf sich nun ein Kissen aussuchen. Achtung, es darf kein Streit aufkommen, lieber ein paar Kissen mehr mitbringen, damit kein Streß entsteht. Jedes Kind darf nun sein Kissen vorstellen, etwas davon erzählen, die anderen daran riechen lassen etc. Zum Schluß wird mit den Kissen ein enger Kreis gelegt. Jeder legt seinen Kopf auf sein Kissen und eine Geschichte wird erzählt.

Ganz leise
Der Erwachsene hat einen großen Korb mit Gegenständen mitgebracht. Es sind alles Gegenstände, die, wenn man sie nicht vorsichtig behandelt, Töne von sich geben können (Dosen, Tambourin, Glöckchen, Becher etc.). In

der Mitte liegt eine große Decke. Die Hälfte der Kinder haben nun die Aufgabe, den Inhalt des Korbes auf die Decke zu packen. Dabei darf möglichst kein Laut entstehen, auch die anderen Kinder müssen ganz leise sein. Ist die erste Gruppe fertig, setzen sich alle in den Kreis, dann ist die andere Gruppe an der Reihe, den Korb ganz leise wieder mit den ausgepackten Sachen zu füllen.

Lichter-Inseln
Mit vielen Teelichtern und einer größeren Kerze wird auf einem Tablett eine Lichterinsel zusammengestellt. Der Erwachsene erzählt eine Geschichte. Jedesmal wenn ein Name fällt, darf ein Kind, das so ähnlich heißt, einmal pusten. Die große Kerze muß aber bis zum Ende brennen.

Das Kerzenspiel
Ein Kreis mit großen und kleinen Punkten wird auf eine große Pappe übertragen. Jedes Kind bekommt ein Spielpüppchen und ein Teelicht. Mit einem Würfel wird gewürfelt.
Wer eine eins, drei oder fünf würfelt, stellt sein Püppchen auf das Startfeld. Beim nächsten Wurf wandert man mit der gewürfelten Anzahl im Uhrzeigersinn weiter.

Hüpft man dabei über ein Teelicht, das in den größeren Kreisen steht, darf man es anzünden.
Wenn *alle* Teelichter brennen, darf der, der das letzte angezündet hat, eins auf ein Tablett stellen und zwei andere Teelichter wieder auspusten.
Das Spiel ist dann beendet, wenn alle Lichter vom Spielfeld verschwunden sind.
Denkt Euch weitere Regeln aus! – Ein Spiel für ca. 4–6 Kinder.

2. Wie erfinde ich ein Spiel?

Brettspiele selber machen!

Die folgenden Anregungen sollen zeigen, daß Spieleerfinden besser ist als Spiele kaufen. Der Vorteil: wenig Kosten, die Spiele können genauer auf die Bedürfnisse, Vorlieben und Interessen der Kinder zugeschnitten werden, es macht Spaß.
Der Nachteil: es kostet Zeit.

Leitfaden für Spieleerfinder(innen)

1. Schritt: ein Thema finden; z. B. die Umgebung kennenlernen, der Baum, unsere Wohnung, durch Kindergarten, wir kaufen ein, Besuch im Zoo, unser Fest, usw.

2. Schritt: eine Altersgruppe, Zielgruppe festlegen; z. B. Kindergartenkinder, Grundschulkinder, Familie, große Gruppe oder kleine Gruppe, etc.

3. Schritt: die Einsatzmöglichkeiten klären; z. B. bei Festen, in der Fördergruppe, als Geschenk für die Familie usw.

4. Schritt: einen Spielplan erstellen – Die Gestaltung sollte sich vom Thema leiten lassen und an der Zielgruppe orientieren. Ein Würfelplan kann so aussehen: Start – 20 Würfelfelder, Hindernisse, Schleifen, Sackgassen, Abzweigungen, Wartefelder, Aufgabenfelder – Ziel. Achtung, nicht zu unübersichtlich!

5. Schritt: Aufgaben ausdenken – Kommt ein Spieler auf ein gekennzeichnetes Feld, so sollte er die Aufgabe erfüllen. Bei schwierigen Aufgaben ist es manchmal sinnvoll,

Alternativen zu ermöglichen. Es gibt drei Aufgabenbereiche, die möglichst berücksichtigt werden sollten.

a) würfelbezogene Aufgaben; z.B. geworfene Zahl zurückgehen; schiebe die Figur, die auf Deinem Feld steht, um die gleiche Augenzahl nach vorn; gerade Zahl nach vorn, ungerade Zahl nach rückwärts setzen; gehe vor auf...; Achtung – stark spielhemmende Aufgaben vermeiden: 3 x aussetzen, erst bei einer 6 darf weitergespielt werden – es ist langweilig, nicht mitspielen zu dürfen.

Der Zufall

Würfelbezogene Aufgaben sollten nur einen kleinen Teil der Aufgaben ausmachen.

b) Gruppenbezogene Aufgaben; z.B. ziehe einen Stein Deines Mitspielers drei Felder nach vorn; Lieblingsfarben der Mitspieler raten, je Fehler einen Punkt zurück; eine Runde schweigen, sonst ein Feld zurück; die Gruppe nach Größe sortieren; jemanden aus der Gruppe malen; einen Kuß verschenken; usw. Möglichst wenig Aufgaben nennen, bei denen jemand hereingelegt werden kann.

Die Gruppe

Gruppenbezogene Aufgaben sollten ebenfalls nur einen kleinen Teil ausmachen.

c) Themenbezogene Aufgaben; z.B. pantomimisch die Zähne putzen, einen Weg erkunden, Essen kochen, Geschichten erzählen, Fragen beantworten usw. Die Aufgaben können Einzelne, Paare, Kleingruppen oder alle lösen, möglichst sprach- und handlungsorientierte Aufgaben mischen oder alternativ stellen.

Das Thema

Die themenbezogenen Aufgaben sollten die Hälfte aller Aufgaben sein.

6. Schritt: Spielregeln klären; z.B. wieviele können mitspielen, wieviele Spielsteine hat jeder, wann ist das Spiel beendet usw.

7. Schritt: Spiel erproben – Die neu erfundenen Spiele sollten mit den Zielgruppen mehrfach ausprobiert werden. Besonders Zeitdauer, Verständlichkeit und Spielanregung sind wichtig; die Spiele sollten auch immer verbessert werden. Es muß nicht immer jedes Spiel als ein endgültiges Würfelspiel jahrelang verwendbar sein.

3. Schattenspiel

Licht und Schatten helfen Kindern beim Stammen.

Schattenspiel verzaubert Kinder, doch die jüngeren haben manchmal Schwierigkeiten, sich ihren Schatten vorzustellen. Die Technik ist relativ einfach und den meisten bekannt. Hier ein zusätzlicher Tip: Nutzen Sie einen Tageslichtprojektor. Er bietet viele Möglichkeiten: farbige Folien bringen farbiges Licht, durch eine Folienrolle können Landschaften, Wolken, Schiffe, Wellen, Gesteine usw. vorbeiziehen, es können Trennwände entstehen, komplizierte Kulissen können rasch aufgebaut werden (Scherenschnitte), alltägliche Gebrauchsgegenstände (z. B. Zahnbürsten) können zu Kulissen vergrößert werden, Personen und Gegenstände schweben herab oder lösen sich in Nichts auf.

Ein guter Einstieg ins Schattenspiel ist eine kleine Aufführung einer Elterngruppe.

Experimentierabend mit Schatten
Am ersten Abend geht es darum, die Eltern mit den Möglichkeiten des Schattenspiels vertraut zu machen. Ein dunkler Raum, und schon geht das Improvisieren los.
Ein Teil der Gruppe spielt, der andere Teil beobachtet, teilt mit, was man sieht, verbessert, hilft!

Improvisationsaufgaben

Aufgaben für zwei oder mehr Spieler	*die Beobachter*
Geht zu zweit, schleicht, wartet, lauft.	Achten darauf, daß die Spieler im Gleichschritt gehen!
Geht hintereinander her wie Räuber, Tänzer etc.	Achten auf Gleichklang aller Bewegungen, gute Bewegungen häufiger spielen lassen.
Versucht, kleine Szenen zu spielen: begrüßen, heranwinken, aufeinanderzugehen, Zunge herausstrecken, boxen, etc.	Achten darauf, daß die Spieler miteinander spielen, daß die Zuschauer es sehen können, daß überflüssige Bewegungen nicht gemacht werden.
Versucht, Gefühle darzustellen: Erschrockenheit, Enttäuschung, Dankbarkeit, Erleichterung.	Achten darauf, daß in den Bewegungen der Spieler Gefühle sichtbar werden.
Verwendet nur Musik, Rhythmus, Geräusche. Tanzt nun nach verschiedenen Musikstücken.	Achten darauf, daß Drehungen nur einzeln ausgeführt werden, den Spielern Rückmeldung geben.

Schattenspieler:
- bewegen sich deutlich
- bewegen sich pantomimisch
- oft sehr langsam

Stückauswahl und Proben

Bei der Stückauswahl würde ich aus den Kindern bekannten Geschichten oder aus den Vorschlägen auf Seite 73–74 etwas auswählen.

Bei der Probenarbeit ist darauf zu achten,

daß der Schatten ein Umrißbild ist. Nur durch verschiedene Silhouetten kann man verschiedene Menschen erkennen. Körperstellung, Arme und Hände sind wichtig. Dazu Schleiher, Hüte, etc.

daß Schattenspiel flächig ist. Bewegungen müssen deutlich und überbetont ausgeführt werden (oft Zeitlupe). Alles wird zweidimensional!

daß Schattenspiel pantomimisch dargestellt werden soll. Vielleicht spricht jemand noch einen Begleittext dazu.

daß Musik, Rhythmus und bewußte Bewegung zum Schattenspiel gehören.

4. Geschichten erzählen

Kinder hören gerne Geschichten. Kinder erfahren, wie man fühlen und denken kann. In Gedanken vollziehen sie die Erlebnisse nach. Sie setzen sich mit dem Sinn und den Wertungen der Geschichten auseinander, die Welt wird geordnet und neu erfahren.
Die Geschichten, die Sie erzählen, sollen Sie und die Kinder gleichermaßen ansprechen. Erzählen lernt man durch viel Übung und Kritik, am Besten regelmäßig im Mitarbeiterteam üben.

Erzählen ist etwas, was geübt werden muß.

Hier einige Erzählregeln:

1. Ich suche mir eine passende Geschichte (siehe Seite 73–74) und lese sie erst einmal ganz durch.
2. Ich markiere mir die Namen und schreibe sie auf.
3. Ich unterstreiche wichtige Sätze und Redewendungen.
4. Ich teile die Geschichte in Szenen und formuliere schriftlich Überschriften für jede Szene.
5. Ich stelle mir den Ablauf vor und spreche ihn laut vor mich hin (evtl. Cassettenrecorder).
6. Ich überlege mir begleitende Materialien (z.B. Trommel, Kerzen, Puppen, Knarren der Türen etc.)
7. Ich erzähle ohne Vorlage.
8. Alle Kinder sollen mich sehen können (Kreis).
9. Keine Angst vor vergessenen Stellen. Die Kinder fragen schon nach.
10. Fragen oder Bemerkungen der Kinder in die Geschichte einbauen.

Hier einige Vorlesebücher:

■ ***Kindervorlesebücher*** – Auswahl für Vorschulkinder

1. Ursula Wölfel
   Winzige Geschichten
   Hoch-Verlag Düsseldorf
   ISBN 3-7779-0382-5

2. Ursula Wölfel
   Dreißig Geschichten von Tante Mila
   Hoch-Verlag, Düsseldorf 1979
   ISBN 3-7779-0213-6

3. Ursula Wölfel
   Neunundzwanzig verrückte Geschichten
   Hoch-Verlag, Düsseldorf 1984
   ISBN 3-7779-0181-4

4. Ursula Wölfel
   Eine und sechsundzwanzig ABC-Geschichten
   Hoch-Verlag, Düsseldorf 1981
   ISBN 3-7779-0292-6

5. Ursula Wölfel
   Die grauen und die grünen Felder
   Aurich-Verlag, Kevelaer 1970
   ISBN 3-920110-94-3

6. Christine Nöstlinger
   Die feuerrote Frederike
   Jugend u. Volk Verlag
   Wien/München 1986
   ISBN 3-7141-1223-5

7. Christine Nöstlinger
   Geschichten für Kinder in den besten Jahren
   Beltz u. Gelberg, Weinheim 1986
   ISBN 3407–8005–17

8. Gina Ruck-Pauquet
   In jedem Wald ist eine Maus die Geige spielt
   Georg Bitter Verlag, Recklinghsn. 1970

9. Ole Lund Kierkegaard
   Otto ist ein Nashorn
   Rowohlt Verlag, Reinbek 1984

10. M. Lilten
    Leselöwen-Betthupferl
    Loewe, Bayreuth 1985
    ISBN 3-7855-1946-X

Kommt, Ihr werdet staunen

Teil 7

1. Erwachsene feiern

Feste mit Eltern haben Folgen.

Feste und Feiern mit Erwachsenen können hier nur einen kleinen Raum einnehmen. Innerhalb kontinuierlicher Elternarbeit gibt es ausgiebig Zeit, fröhlich oder festlich gestimmte Abende zu verbringen. Dieser Abschnitt will an einem Beispiel zeigen, daß Elternfeste auch wieder direkte „Folgen“ für die Kinder haben können.
Es geht um das „Darstellende Spiel“. Ein fröhlich gestimmter Elternabend soll darauf aufmerksam machen, daß auch Erwachsene miteinander unbekümmert spielen können. Vorschläge, wie sich dann im zweiten Schritt auch kleine Theatergruppen der Eltern bilden können, fehlen hier nicht.
So kann ein Elternfest ein Start sein für einige spätere Aufführungen vor und mit den Kindern; der Kreis schließt sich wieder.
Zuerst aber noch einige Regeln für Spielabende mit Erwachsenen, da ich weiß, daß gerade Mitarbeiter in ihren Einrichtungen häufig davor Angst haben.

Erwachsene denken sehr viel darüber nach, was die anderen wohl von ihnen denken.

a) Erwachsene haben oft Angst vor dem Spielen, weil sie berechtigte Befürchtungen haben, sich zu blamieren. Sie denken darüber nach, was die anderen wohl über sie denken. Erwachsene haben in ihrer Kindheit oft Spiele gespielt, die so ausgingen, daß ein oder zwei die Dummen waren. Sie werden also oft zunächst auf Ablehnung oder ausweichende Vorschläge stoßen, wenn Sie Spielabende anbieten wollen.
Nehmen Sie die Zurückhaltung der Eltern nicht persönlich, sie gilt nicht Ihnen, sondern basieren auf den schlechten Erfahrungen der Eltern.

Bereiten sie viel doppelt vor.

b) Bereiten Sie sich und den Spielraum gründlich vor. Suchen Sie mehr Spiele aus, als Sie vermutlich benötigen. Sie können dann noch wechseln, wenn Sie bemerken, daß Sie die Eltern falsch eingeschätzt haben. Ihre Kollegen sollten Sie als ‚bereitwillige‘ Mitspieler unterstützen. Der Raum sollte wenig Möglichkeiten zur Ablenkung bieten. Muß man die Eltern erst hinter dem Kaffeetisch weglocken, ist schon viel Energie verbraucht. Die beste Ausgangsposition ist der Stuhlkreis.

„Mitarbeiter sind „Problemeltern“

c) Machen Sie die Eltern neugierig; dabei helfen ungewöhnliche Spielenamen, interessante Requisiten. Sprechen Sie deutlich und verständlich und versuchen Sie sicher aufzutreten. Üben Sie das vorher ruhig einmal im Mitarbeiterteam.

Blamagen vermeiden

d) Wecken Sie bei den Eltern keine negativen Gefühle durch Ironie oder Bestrafungen.

e) Vergessen Sie nicht, eine Pause zu machen und spielen Sie anfangs nicht zu lange. 60 Minuten Spielzeit ist für Sie und die Eltern genug.

2. Afrikanisches Theaterfest

Vorbemerkung:

Einführungstext

In einigen Staaten Afrikas wird gerne und häufig Theater gespielt. Wir wollen gemeinsam auf (Kulturgeschichtliche) Entdeckungsreise gehen, um die vielfältigen Formen und Möglichkeiten kennenzulernen – Afrika in unserer Mitte!
Leider ist die bestellte afrikanische Theatergruppe nicht eingetroffen. Ich bitte Sie, Platz zu nehmen. Vielleicht können wir es auch ohne Theatergruppe; das erste Spiel heißt:

Trommelgrundkurs
Alle legen ihre Hände auf die Knie. Nun schlägt der kleinste Spieler *einmal* kräftig mit der Hand auf sein Knie. Der linke oder rechte Nachbar wiederholt direkt danach den Schlag auf seinem Knie, dann auf dem anderen und nun setzt sich das Trommeln wellenförmig durch den gesamten Kreis fort. Jeder darf nur *einmal* mit jeder Hand trommeln und nur dann, wenn er an der Reihe ist. Nach einem Probedurchgang wird die zweite Trommelregel eingeführt: Wenn jemand zweimal trommelt, ändert sich die Laufrichtung des Trommelns. Klopft eine Hand falsch oder ist ein Trommler eingeschlafen, muß die Hand unter dem Knie verschwinden. Dies gilt auch schon dann, wenn eine Hand nur leise zuckt! Das Spiel wird dann beendet, wenn noch zwei oder drei Spieler alle Hände haben. Diese Glückli-

chen bekommen nach Wunsch einen kleinen grünen Trommelpunkt aufgeklebt; sie werden ihn noch brauchen.

Bei unserer Rundfahrt durch Afrika haben wir ein riesiges Paket mit vielen Gegenständen und Überraschungen gepackt und dieses Paket nach Hause geschickt.

Pantomimisch Bananen auspacken
Alle sitzen erwartungsvoll im Kreis. Ein schwitzender „Bote" trägt ein großes Paket herein und beginnt umständlich auszupacken. Dabei kommt es besonders darauf an, die ersten Gegenstände auf originelle Weise auszupacken und den anderen vorzustellen. Dann geht die Kiste reihum und jeder kann weitere Dinge ohne zu sprechen auspacken: Kokosnüsse, Elefanten, Stechfliegen, Orchideen, ein Nilpferd, eine Schale Reis, Löwen, Straußeneier, Wüstensand, Pyramiden, Fischerboote, ein Krokodil, Ananas usw.
Manchmal packen auch zwei zur gleichen Zeit etwas aus, oder andere Spieler können miteinbezogen werden. Dieses Spiel sollte recht ruhig gespielt werden.

Großes Afrikanisches Elefantenniesen
Der Spielleiter geht in die Mitte des Kreises und hat in der Hand einen kleinen Zweig, den er als Dirigentenstock benutzt. Reihum werden in kleinen Gruppen kurze Elemente des Niesens eingeübt. Auf ein Zeichen äußern sich die Gruppen laut und präzise: „Rotz" – „Wums" – „Ah" – „Plitsch" – „Platsch" – „Ratam" usw. Wie beim Orchester kann dann im zweiten Schritt „Einüben und Vertiefen" von den einzelnen Gruppen das Niesen noch einige Male getestet werden. Dann kommt es zum krönenden Abschluß, zum gemeinsamen Aufschrei, alle zusammen das große afrikanische Elefantenniesen … Gesundheit!

Hase – Palme – Elefant
Nun beginnt der Aktionsteil unseres afrikanischen Abenteuers, alle Stühle an den Rand und im Kreis aufstellen. Das nächste Spiel muß genau gespielt werden. Der Spielleiter in der Mitte des Kreises erklärt die ersten drei Figuren; läuft das Spiel recht gut, können vom Spielleiter oder von den Spielern noch zusätzliche Figuren eingegeben werden. Die ersten Figuren (Hase, Palme, Elefant) werden folgendermaßen vorgestellt: der

Spielleiter stellt sich vor eine Person im Kreis und sagt z. B. Hase. Mit Hilfe des rechten und linken Nachbarn wird nun aus drei Personen ein Hase dargestellt. Wenn der Spielleiter mit der Darstellung zufrieden ist, erklärt er sie als endgültig und alle prägen sich den Hasen genau ein. Die drei Spieler gehen dann wieder in ihre Ausgangsstellung in den Kreis zurück. Nach einigen „Probehasen“ wird dann der Elefant und die Palme eingeprobt. Nun beginnt erst das richtige Spiel. Der Spielleiter geht durch den Kreis, nennt eine Figur und zeigt plötzlich aber genau auf eine Person, diese und der rechte und linke Nachbar müssen nun schnell und genau die eingeführte Figur darstellen. Bei dem noch so kleinsten Fehler, kommt derjenige in die Mitte, der den Fehler gemacht hat. Dieser geht wieder durch den Kreis... usw...
Dieses Spiel sollte recht schnell gespielt werden.

African Domino
Alle bitte wieder Platz nehmen. An dieser Stelle kommt nun ein sehr bekanntes Spiel – Domino.
In Afrika spielt man es aber ohne Steine, es geht so: Ich mache jetzt eine eindeutige Bewegung mit einem deutlichen Ende (Kick) und dann friere ich ein, dazu mache ich noch einen Ton. (Der Spielleiter zeigt einige Beispiele)
So, nun beginnt das Spiel; wenn ich meine Bewegung gleich fertig habe, ist mein rechter Nachbar dran. Er macht alles genau so nach, wie ich es vorgemacht habe! Dann folgt der nächste Nachbar usw. Mein linker Nachbar ist als letzter Spieler an der Reihe, er darf sich danach eine neue Bewegung ausdenken. Je nach Gruppengröße können alle einmal eine neue Bewegung durch den Kreis schicken.

Fünf Spiele sind für das erste Mal genug.

3. Spiele für den Elternabend

Sprichworte
Redensarten wörtlich genommen spielen, hilft, sich in Rollen zurecht zu finden. Immer zwei Spielpartner versuchen es zusammen: – gemeinsam Pferde stehlen – aus

R.TACKE

den Augen verlieren – einen einseifen – jemandem die Fresse polieren – jemanden ins Leere laufen lassen – jemanden in Watte packen – festnageln – den Marsch blasen – umgarnen – einen Floh ins Ohr setzen – den Spiegel vors Gesicht halten – vor jemandem die Augen verschließen – ein Auge auf jemanden werfen – ein Hühnchen mit jemand rupfen – in jemand hineinhorchen – den Buckel runterrutschen – hinters Licht führen – anbinden – einen Korb geben – jemanden sitzen lassen – jemanden neben sich her gehen lassen – große Sprüche klopfen –
Variante: immer 3 Spieler bekommen ein Kärtchen mit einem Sprichwort, die anderen müssen dann das vorgestellte Sprichwort erraten.

Scharaden
Prinzip der Scharade: Worte, Sätze, Geschichten werden in ihre Bestandteile aufgelöst und dann pantomimisch oder in kleinen Sprechszenen dargestellt. Die Zuschauer sollen alles erraten. Es können Buchstaben, Berufe, Tierarten, Sprichworte oder ähnliches erraten werden.
Beispiel: Pantomimischer Wettlauf
Die Gruppe bildet Untergruppen (7–8 Personen), jede Gruppe bekommt einen abgeschirmten Raum (man sollte sich nicht hören können). In gleichem Abstand zu den Räumen sitzt der Spielleiter mit einer Liste von ca. 10 zusammengesetzten Hauptwörtern, z. B. Luftschlange – Tagträumer – Nachtfalter – Erbstück – Notbeleuchtung – Folterknecht – usw.
Jede Gruppe sendet einen Spieler zum Spielleiter, dieser sagt allen Vertretern das erste Wort der Liste. Jetzt geht es um die Wette, die einzelnen Spieler gehen in ihre Gruppe und spielen ohne Worte oder andere Mitteilungen an ihre Gruppe das zweiteilige Wort vor. Die Gruppe rät so lange, bis sie das richtige Wort findet. Nun läuft ein anderer Mitspieler und holt sich das nächste Wort, bis alle Worte geraten sind.

Stadttheater
Gebundene Improvisationen helfen manchen Gruppen besser, in darstellende Spielformen einzusteigen. Der Spielleiter bereitet zwei Arten von Zetteln vor:

A-Thema	**B-Form**
Betrug	Lustspiel
Heimkehr	Oper
Angst	Pantomime
Krönung	Stegreifspiel
Unfall	Heimattheater

Jede Gruppe zieht aus jedem Bereich einen Zettel. In einer festgesetzten Zeit erfindet die Gruppe eine Szene zum Thema in der ausgelosten Form. Das wird den anderen dann vorgespielt.

Zeitungstheater
Aus Zeitungen oder Illustrierten werden Köpfe ausgeschnitten und auf Pappe geklebt. Die Köpfe werden dann an einer Leiste befestigt und es kann mit ihnen gespielt werden: z. B. Sklavenmarkt, Interview, Debatte, Jubiläum, Prüfung usw. Das Spiel kann auch mit verdeckten Spielern gespielt werden, dies gibt mehr Sicherheit.

Falsches Stück
Etwa 3 Personen bekommen jeweils eine unterschiedliche Situation, die sie darstellen sollen. Jeder kennt nur seine eigene Situation, sie spielen jedoch gemeinsam.
Beispiel:
A – ein Lehrer, den seine Schüler enttäuscht haben.
B – eine Frau, die die Gleichberechtigung stark vertritt.
C – ein junger Mann, der sich bei seiner Lehrfirma vorstellen will.
Die Zuschauer kennen die Rollen.

Da fehlt doch was?
Es bilden sich kleine Gruppen (2–3 Personen); diese überlegen sich alltägliche Handlungen (z. B. rasieren). Diese kleine Szene wird den anderen vorgespielt. Die anderen müssen herausfinden, welcher Handlungsteil vergessen wurde (z. B. Seife ins Rasierwasser zu geben).

4. Eltern spielen Theater

Falls diese Art von „darstellendem Spielen" bei den Eltern Zuspruch gefunden hat, ist es nicht mehr schwer, sie auch für kleine Kindertheaterstücke zu gewinnen. Dies kann in der Form von Schattenspiel, Figuren- oder Maskentheater geschehen. Manche Eltern trauen sich auch direkt auf die Bühne.

Wichtig ist es, daß die ersten Stücke nicht zu lang sind und nicht zuviel Text zu lernen ist. Der beste Weg ist es, von einer Spielidee ausgehend kleine Kinderstücke selbst zu entwickeln und die Textbücher erst gar nicht zur Hand zu nehmen. Ich habe hier einmal 50 Spielideen aufgeschrieben, aus denen sich sicherlich jeweils ein kleines Stück von etwa 10 Minuten Länge entwickeln läßt.

Nicht immer von fertigen Texten ausgehen.

Ideen für Theaterstücke

1. Auf der Bank am Sandkasten
2. Willst du mein Freund sein?
3. Guten Morgen (Aufwachen-Frühstück)
4. Dies ist mein Spielzeug
5. Jungen und Mädchen
6. Am Zebrastreifen
7. Ich mag dich nicht
8. Wir wandern
9. Kinder und Tiere
10. Gute Nacht
11. Im Zoo
12. Das ändert sich
13. Ich hab Angst vorm Wasser
14. Der Wald
15. Heute wird nicht ferngesehen
16. Schau, eine Katze
17. Apfel-Birne-Pflaume
18. Ich habe Bauchweh
19. Oh diese Brillenschlange
20. Papa hat mich nicht mehr lieb
21. Tante Berta kommt zu Besuch
22. Oma ist krank
23. Ich bin größer als Du
24. Rätselraten
25. Vater sucht die Brille
26. Die Suppe mag ich nicht
27. Ein Kochlöffel auf Reisen
28. Ein Wellensittich spricht nicht mehr
29. Die Ampel ist rot
30. Die Kartoffel, die nicht in den Topf wollte
31. Geräuscheraten
32. Huch, es ist so dunkel
33. Morgen ist Weihnachten
34. Ein Schwesterchen ist da
35. Ein Blumenstrauß für...
36. Puh, ist die dick
37. Eine Puppe wird lebendig
38. Mond und Sterne
39. Der erste Schnee
40. Es ist so kalt
41. Ich fahr Straßenbahn
42. Bitte ein Pfund Brot
43. Die Post kommt
44. Beim Arzt
45. Zähne putzen
46. Wir ziehen um
47. Ich putze Staub
48. Eine Blume wächst
49. Rumpel auf der Schaukel
50. Messer und Gabel

5. Tips zur Probenarbeit mit Eltern

Theaterproben mit Eltern

Organisieren Sie einen günstigen Probenraum (!)
ruhig – groß – auf dem Boden sollte man sitzen können
– Stellwände – genügend Beleuchtung –

Von Anfang an spielen (!) – zu lange Diskussionen und Erläuterungen behindern spontane Ideen; drücken Sie möglichst alles spielerisch aus.

Alle führen auch Regie (!) – jeder darf sich äußern, Ideen mit eingeben, vorspielen.

Jede Rolle ist wichtig (!) – es gibt keine Nebenrollen, jeder braucht Zeit, ruhig auch mehrere Besetzungen proben.

Nicht nur spielen ist wichtig (!) – sondern auch Bühne, Ton, Technik, Beleuchtung, Maske, Requisite, Kostüme.

Auch dies sollte von Anfang an Bedacht sein.

Für Eltern ist es vor dem Auftritt oft recht hilfreich, sich nochmals die folgenden Fragen zu stellen und vor den anderen zu beantworten.

Wen stelle ich dar?
Woher komme ich?
Wohin gehe ich?
Wen treffe ich an?
Was will ich?
Was erwartet mich?
Wohin gehe ich danach?

Diese Fragen, auf einen großen Karton geschrieben, sind bei jeder Probe eine gute Gedächtnisstütze.

Zuerst mit kleinen Stücken beginnen.

Nehmen Sie sich anfangs nicht zuviel vor. Ein kleines Stück mit einem festen Aufführungstermin ist besser als ein Jahr Probenarbeit. Zunächst brauchen Eltern Aufführungserfahrung!

Wer? Wo? Was?

Teil 8

1. Literaturhinweise - Materialtips

Die folgenden Materialhinweise sind oft Produkte von kleineren Verlagen oder Initiativen. Nicht jeder Buchhändler kann Ihnen diese Materialien beschaffen. Vier Spezialvertriebe können Ihnen die meisten der genannten Bücher und Broschüren besorgen. Fordern Sie ruhig Kataloge bei den folgenden Anschriften an: (Rückporto nicht vergessen)

Hier gibt es Material:

Arbeitsstelle für
Neues Spielen
Vor dem Steintor 33
2800 Bremen

Rhinozeros-Spielwerkstatt
Viehofer Platz 1
4300 Essen 1

Ökotopia
Hafenweg 26
4400 Münster

Robin-Hood-Versand
Große Brinkgasse 7
5000 Köln 1

Spielebücher – Spielesammlungen

P. Schüßler: *Kinderspielkartei*
360 Spiele u. Variationen auf A7-Karteikarten, eine sehr umfangreiche Spielkartei, besonders für Schulkinder geeignet.

Beermann/Bort: *MINI-Spielkartei*
ca. 200 Spiele für Kinder im Alter von 2–6 Jahren und die dazugehörigen Erwachsenen, eine Spielkartei für die Kleinen, für Familien, Kindergärten, Miniclubs, Eltern-Kind-Gruppen, für alle, die mit kleinen Kindern spielen wollen.

KIPS (Hrsg.): *Remscheider Spielkartei*
24 Spielketten mit über 200 Spielen
Eine Spielkartei mit konkurrenzfreien Spielen, 24 thematische Spielketten mit Spielen für Kinder, Jugendliche u. Erwachsene, zum sozialen Lernen, zum Spiel mit Spannung u. Spaß, zum Näherkommen. – *(Besonders für Elternabende geeignet)*

Fritz: *Mainzer Spielkartei*
Umfangreiche Sammlung sozialer Spiele, bei denen Kooperation wichtiger ist als Konkurrenz.

Flemming: *Große Kinderfeste*
Kartei für die Organisation von großen Festen mit Kindern!

Hermann: *Spiele zur Sprachförderung*
Spiele für und mit sprachbehinderten Kindern
Kartei mit 140 Spielvorschlägen für alle, die sich mit sprachlich zu fördernden Kindern beschäftigen. Die Spiele sollen das Üben leichter, abwechslungsreicher und amüsanter machen.

Flemming: *Fingerspiele*
für jedes Kinderalter
Fingerspiele – Spiele u. Späße mit Fingern und Händen für die Familie, den Kindergarten, die Grundschule und für Behinderteneinrichtungen.

Abresch: *Spiele ohne Konkurrenz*
Theorie u. Praxis zum Spielen ohne Gewinner. Eine Broschüre über den Sinn und Zweck des gemeinsamen Spiels mit zahlreichen praktischen Spielvorschlägen u. einem Aufsatz zum Thema.

Ramme/Riese: *Spiele für Viele*
Spielideen für jeden auf fast 200 Seiten
Die beiden Autoren halten nicht viel von der Spielentwicklung am grünen Tisch. Sie gehen mitten rein in die spielende Gruppe. Dieses Buch kann man als deutsche „New Games“ bezeichnen.

Bort: *Kooperative Spiele im Freien*
Neben einer kleinen Spielesammlung werden viele Möglichkeiten vorgestellt, wie mit Kindergruppen interessanter gespielt werden kann. Vorgestellt werden Spielaktionen u. Geländespiele; Spielplätze sind Schwerpunkt dieses Buches.

Leue: *Das Comic-Spielebuch*
100 Spielideen (New Games u. a.) werden witzig, leicht lesbar und übersichtlich dargestellt, eine gelungene Kombination von Text und Zeichnungen.

Bort: *Miteinander spielen*
Spielesammlung für verschiedene Spieler, jung und alt, für Leute mit eingeschränkten Bewegungsmöglichkeiten, geordnet nach den Gruppen Bewegungsspiele, Regelspiele, Gestaltungsspiele.

Reichle: *Der Bischof schnarcht im Wasser*
Spielesammlung für freie Stunden, anschaulich und anregend gestaltet, besonders geeignet für verschiedene Altersgruppen.

Bücken: *KIM-Spiele*
Spiele zum Sehen, Schmecken, Riechen, Tasten, Hören und Denken. Mit vielen Fotos, sehr vielseitig einsetzbar.

KUREF (Hrsg.): *Festspiele*
Über 100 Spiele u. Ideen für Feste, einsetzbar in der Jugendarbeit und Erwachsenenbildung.

□ *Besonders für die Elternarbeit geeignet*

Bücken: *Knopfspiele*
Geschick, Taktik, Kreativität, Kommunikation … und das alles mit Knöpfen! Ein zauberhaftes Buch – Abenteuer mit Kleinkram!

Holler: *Murmeln, Schusser, Klicker*
Viele von uns haben noch damit gespielt, heute sind sie fast „ausgestorben“; ein Buch über die Geheimnisse des Spiels mit den kleinen Kugeln.

Falkenberg: *Mit Zollstock, Lappen, Besenstiel*
einfache und anregende Spiele mit Alltagsgegenständen.

Miedzinski: *Die Bewegungsbaustelle*
Kinder bauen ihre Bewegungsanlässe selbst, durch eigene Gestal-

tung ihrer Bewegungsumwelt haben sie mehr Möglichkeit der aktiven Auseinandersetzung mit ihrem Körper.

Götte: *Sprache u. Spiel im Kindergarten*
ein grundlegendes Standardwerk mit wertvollen Hilfen und Anregungen für Erzieher.

Preuschoff: *Von 0 bis 3*
Alltag mit Kleinkindern.

Preuschoff: *Von 3–6*
Leben mit Vorschulkindern, Fortsetzung des Bandes „Von 0–3".

Sichtermann: *Vorsicht Kind!*
„Arbeitsplatzbeschreibung" für Mütter, Väter und andere. Ratgeber für Eltern, diesmal im Umgang mit sich selbst.

Bort: *Spiele ohne Tränen Bd. 3*
Spielesammlung für Kindergarten, Hort und Grundschule zu verschiedenen Bereichen (z. B. sprechen, bewegen, darstellen etc.), dazu eine Reihe alter u. neuer Kinderreime.

Grabbet/Bücken: *Spiele ohne Tränen Bd. 4*
Phantasiespiele für Kinder – ohne Sieger, ohne Tränen, dafür mit ganz viel Spaß für die kleinen Spieler.

GWA (Hrsg.): *Wir werfen nicht mit Steinen*
Materialien zur Einübung gewaltloser Konfliktregelungen in und mit Kinder- u. Jugendgruppen.

AGB Linz (Hrsg.): *Kinder-Animation*
Modelle u. Ideen zu Spielplatz, Spielaktion, Fest, Sommerlager, Gruppe und Club.

Franger u. a.: *Miteinander leben und feiern*
Ausländische und deutsche Kinder feiern gemeinsam Feste, eine umfangreiche und nützliche Hilfe zur interkulturellen Arbeit mit Kindern.

Musik und Tanz

AGB (Hrsg.): *Gruppentänze und Bewegungsspiele*
ein handliches Heft A5 mit klaren, einfachen Beschreibungen von Gruppentänzen und Spielen mit abwechslungsreicher Musik. passend zu dem Arbeitsheft gibt es eine Musikcassette!

Edition ERES: *Gehen wir im Kreis*
Sechs Spiellieder, Texte, Melodien, Gitarrenakkorde, Spielanleitungen auf Schallplatte.

Wir spielen ein Bilderbuch
Aufzeichnungen eines sprachlich-musikalischen Experiments mit Kindern. Schallplatte.

Schläft der Bär
wir lernen ein Lied kennen, dieses Heft liefert ein Beispiel zur Lied-Didaktik, mit Schallplatte.

Hexala Bexala
12 Tanzlieder für die Haupt- und Grundschule, zusammen mit Platten und Anleitungen.

Corramos, Corramos
15 lateinamerikanische Tänze mit Anleitungen und Musik.

Indianertänze
Platte mit Anleitungen.

Break dance
Platte mit Anleitungen.

28 Kinderspiele aus aller Welt
Buch über musikalische Bewegungsspiele. Abzählreime, Fingerspiele, Reigenspiele, Partnerwahl & ablösen, Nachahmung & Darstellung, Reihen-, Rate- und Fangspiele.

passend dazu die Musikcassette:
Gehn wir auf die Reise
28 Spiellieder und Reime aus aller Welt.

Der blaue Fingerhut
ein Liederbuch für Kinder und Erwachsene.

Singt Eure Lieder mit uns
ein Beitrag zur Praxis integrativer Musikpädagogik von Hiltraud Reckmann.

Musik für Kinder aller Länder
Zum Lernen und Mitsingen.

Ludwig: *Das Grips Liederbuch*
50 Lieder aus den Grips-Theaterstücken.

Kotulla: *Hey Du*
Musikcassette mit neuen Kinderliedern in modernen Rhythmen zum Mitsingen und Mittanzen.

Kotulla: *Mach' mit*
Musikcassette mit neuen Kinderliedern zum Mitmachen.

Reuber: *Musik für Kinder*
eine Sammlung elementarer Übungen, die möglichst vielen Kindern den spielerischen Einstieg in die Musik ermöglichen soll, auch für nicht Vorgebildete einsetzbar.

Rosin: *Neue Kinderlieder*
Ein Liederbuch mit 60 wirklich neuen Liedern, die erweitert sind durch einfache Instrumentationsvorschläge, Spielideen und Bewegungsanregungen.

Rost: *Singspiele*
Sammlung von überlieferten Kreisspielen, die früher so beliebt waren und die Kinder eh und je mit großer Begeisterung spielen.

Robra: *Wir singen zusammen*
Neue Lieder für türkische und deutsche Kinder.

Theater

Bort: *Spielkiste 4 – Amateurtheater*
Einer kurzen und übersichtlichen Einführung in die Arbeit mit darstellendem Spiel folgen Übungen und Spiele zum Kennenlernen, Proben, Entspannen und Reflektieren; neben kleinen Spielszenen werden auch andere Formen des darstellenden Spiels (Puppen-, Schatten- und Maskenspiel) kurz vorgestellt.

Spangenberg: *So einfach ist Theater*
vom Spaß haben und Spaß machen, ein Buch von Kindern und Erwachsenen gemacht.

Mattenklott: *Kinder machen Theater*
Kinder machen ihr Theater selbst! Von den Dialogen, Kostümen, Masken bis zum Programmheft. Das Buch berichtet aber auch über die Aufgabe der Erwachsenen dabei, über Probenarbeit und die Auswahl der Geschichte.

Bergmann: *Kugel, Kiste, Lumpengesindel & Co.*
8 Theaterstücke für Kinder von 6–12 Jahren.

Arndt: *Puppenspiel – ganz einfach*
der in aller Welt bekannte Puppenspieler und Theaterregisseur F. Arndt macht mit diesem Buch allen Neulingen des Puppenspiels Spielvorschläge, die sich mit einfachen Mitteln schnell verwirklichen lassen.

Fuglsang: *Schatten- und Schemenspiel*
ein besonders gelungenes Buch zur Einführung in die Technik des Tischschattenspiels.

Nemo: *Spaß an Pantomime*
Buch für alle, die mehr wissen wollen – mit vielen Fotos, die anschauliche Beispiele zeigen, ein Lehrbuch für Pantomimen.

Schröder: *AOL-Zauberei Band 1*
50 verblüffende Tricks für Menschen von 6–66, ein Zauberbuch für Anfänger.

Eschert u. a.: *Zirkus selbermachen*
Kartei mit einführenden Materialien für ein Zirkusprogramm aus dem Kalker Spiele Verlag.

LAG Kulturpäd. Dienste Herne (Hrsg.): *Kulturpädagogik 2 – Kinderzirkus*
A4 Broschüre zum Thema Zirkus von Kindern für Kinder mit vielen praktischen Anregungen und Bildern.

Öffentlichkeitsarbeit – Organisation

AGB (Hrsg.): *Lebendige Öffentlichkeitsarbeit*
Plakat und Flugblattgestaltung, Werbung für Jugendgruppen und aktivierende Formen sind Themen dieser Broschüre.

Päd. Aktion e. V. (Hrsg.):
Schnippelbuch Nr. 1
ein Bildermaterialbuch
– über 500 Seiten Bilder, Bilder, Bilder –
geordnet nach Schlagworten.

Bilderkiste 1 + 2
Bilder über Bilder für die Gestaltung von Flugblättern, Infomaterial etc.
Bilderkiste 1:
100 Seiten mit Menschen etc.
Bilderkiste 1:
100 Seiten mit Gegenständen etc.

Adreßbuch Spiel + Theater Nr. 2
über 2 600 Anschriften von Einzelpersonen, Gruppen, Initiativen, Organisationen und Verbänden, die sich mit Spiel und Theater beschäftigen.

2. Geheimtips

Bei der Festvorbereitung gibt es immer kleine oder große Organisationen, Menschen oder Gruppen, die weiterhelfen können. Unter bestimmten Stichworten nenne ich Namen und Anschriften, Kontakte sind erwünscht.

Spielzeug ausleihen
Warum immer selber kaufen? Es gibt in der BRD viele nichtgewerbliche Spieliotheken, dort kann man Spielzeug gegen geringe Gebühr entleihen. Die BAG Deutscher Spieliotheken, Erlengrund 25, 2202 Barmstedt schickt auf Anfrage eine aktuelle Anschriftenliste zu. Oft gibt es in den Kinder und Jugendbüchereien auch leihweise Spiele.

Staunen, Machen, Spielen, Lachen
Jörn Schlund, der Mann mit dem Koffer ist immer unterwegs und zeigt Kindern und Erwachsenen, was man mit Alltagsgegenständen alles erleben kann. Kontakt: Werkstätte für kreative Pädagogik, Baurat-Marx-Allee 24, 46 Dortmund.

Märchen
...und was man damit machen kann, weiß Magga Schmitz-Kasen beim WeDöff, Estermannstr. 204, 53 Bonn.

Puppenspiel
Das Spiel mit Puppen und Figuren kann man erlernen. Das Figurentheater Kolleg, Hohe Eiche 27, 463 Bochum 7 bietet kurze und längerfristige Kurse zum Thema Figurentheater an. Die gesamte Vollzeitausbildung dauert 2 Jahre.

Figurenschattenspiel
Margrit Fuglsang, Löhberg 2, 433 Mülheim zeigt, wie mit einfachen Mitteln erstaunliche Effekte entstehen.

Luftballons, Schminke usw.
So etwas gibt es bei: Pappnase & Co., Bornstr. 20, 2000 Hamburg 13 oder bei: Kusselkopp c/o Klaus Borkens, Haskenstr. 57, 43 Essen, bitte Katalog anfordern!

Mitmachspielfeste
mit vielen aufregenden Großspielsachen veranstaltet die Kölner Spielewerkstatt, Immendorfer Hauptstr. 16, 5 Köln 50.

Umwelt-Spiele
Zu diesem Thema gibt es schon vielfältiges Material. Wer dort einen Überblick bekommen möchte, wende sich an: Ökotopia, Hafenweg 26b, 44 Münster.

Spielen Sie mal wieder!

Weiterbildung (mobil)
Neben den vielen großen Weiterbildungseinrichtungen in der BRD gibt es einige Gruppen und Initiativen die auch mobile Weiterbildung betreiben. Mobil, das heißt: Sie stellen Gruppe und Raum, überlegen sich ein Thema und vereinbaren mit den folgenden Ansprechpartnern Termine. Hier einige Kontaktadressen:
Pappnase & Co., Bornstr. 20, 2000 Hamburg 13
KIPS-E. Freitag-Becker, Oberhauserstr. 33, 43 Essen
Rhinozeros Spielwerkstatt, Viehofer Platz 1, 43 Essen
Spiel und Theaterwerkstatt, Iserlohner Str. 25, 584 Schwerte 5
Spiel und Theaterwerkstatt, Eschersheimer Landstr. 565, 6 Frankfurt 50
Spielwiese, Wiesenhaus, 5419 Silges
Feierwerk E.V., Werneckstr. 7, 8 München.

Kinderkulturarbeit
Viele praktische Erfahrungen hat zu diesem die Pädagogische Aktion, Schellingstr. 109a, 8 München 40 gesammelt und dokumentiert, gerne werden Fragen beantwortet.

3. *Puppentheater/Kindertheatergruppen*

Es gibt zahlreiche Gruppen (ca. 1 000) und Menschen in der BRD, die für Kinder Theater spielen oder Mitspielaktionen veranstalten. Alle kann ich hier nicht nennen, habe aber eine Auswahl zusammengestellt, geordnet nach Postleitzahlen zur schnellen Orientierung.

Weitere Adressen finden Sie im Adreßbuch „Spiel und Theater 7" siehe Seite 87.

Einige Anregungen für die Praxis:

Rechtzeitig buchen

Viele Theater haben langfristige Terminkalender. Besonders die Monate Juni, Juli, November und Dezember sind recht schnell ausgebucht. Eine Kontaktaufnahme ca. 3 Monate vor dem Termin ist zu empfehlen.

Nicht beim Honorar sparen

Nur Freunde und Verwandte spielen heute noch für 300,– DM. Die meisten Gruppen sind schon etwas teurer. Bedenken Sie, daß die Akteure zumindest teilweise davon leben. Gerade Kindertheater braucht eine gründliche Vorbereitung und das ist auch Arbeitszeit. Falls Sie kein angemessenes Honorar zur Verfügung haben, gründen Sie lieber mit Eltern und anderen Interessierten eine Theatergruppe oder Puppenbühne.

Miteinander kooperieren

Kleine, mobile Theater werden etwas preiswerter sein, wenn sie in einer Stadt mehrere Aufführungen haben. Das spart Fahrtkosten und Zeit. Wenn Sie also mit 3 oder 4 Aufführungsterminen in verschiedenen Einrichtungen aufwarten können, läßt sich über den Preis sicher verhandeln, oder das örtliche Jugendamt gibt einen Zuschuß.

Technische Daten

Falls Sie mit Bühnen Kontakt aufnehmen, teilen Sie den Spielern einige Informationen mit: Wieviele Zuschauer/Mitspieler (ca.)? Stromanschluß? Drinnen oder Draußen? Wieviel Platz haben Sie zur Verfügung? Wie hoch ist der Raum (besonders wichtig bei Puppenbühnen)? Wegskizze zum Spielort? Telefonnummer und Kontaktperson?

Beraten lassen, vorher ansehen

Fragen Sie die Gruppen, ob sie in der Nähe demnächst eine Aufführung haben oder lassen Sie sich von anderen beraten. Die Gruppen haben oft eine sehr unterschiedliche Qualität und vieles ist auch abhängig von eigenen Zielen und Vorstellungen.

Kontakte

Falls Sie von einer Gruppe begeistert sind, bitten Sie um regelmäßige Information über aktuelle Produktionen. Empfehlen Sie die Gruppe anderen Einrichtungen weiter. Zahlen Sie nach der Aufführung bar aus. Lassen Sie sich eine Quittung geben, vielleicht gibt es doch noch Zuschüsse. Für die Öffentlichkeitsarbeit lassen Sie sich von der Gruppe vorher ein Foto zusenden.

Gruppenempfehlung an:
Wolfgang Bort
Viehofer Platz 1
4300 Essen

A. Puppenbühnen

PLZ 1

Die Kullerköpfe
Theater mit Puppen
Leibnizstr. 83
1000 Berlin 12

Pupparium
Wriezener Str. 7
1000 Berlin 65

Puppentheater
Hans Wurst Nachfahren
Nollendorfstr. 6
1000 Berlin 60

die bühne
literarisches Figurentheater
Joachim-Friedrich-Str. 40
1000 Berlin 31

Berliner Mäusetheater
Sanderstr. 26
1000 Berlin 44

Pappenstiel
Rothenburgstr. 9
1000 Berlin 41

Klecks
Berliner Kindertheater mit Puppen
Schinkelstr. 8–9
1000 Berlin 44

Marionettenbühne
„Die Strippenzieher“
Weserstr. 2
1000 Berlin 44

Fliegendes Theater
Mehringhof
Gneisenaustr. 2
1000 Berlin 61

Pfifferling Figurentheater
Gustav-Müller-Str. 29
1000 Berlin 62

PLZ 2

Oldesloer Handpuppenbühne
Hamburger Str. 160
2060 Bad Oldesloe

Puppenkabinett
Jersbeker Str. 2
2061 Bargfeld-Stegen

Puppenbühne Bergner
Moorburg 26
2091 Marxen
(Kreis Harburg)

Nah-Bei
Ehestorster Heuweg 20–22
2104 Hamburg 92

Loop-Vagel
Puppenbühne
2121 Betzendorf 1 a

Wyker Puppenbühne
Hamburger Str. 122
2240 Heide

Fantasia Bühne
Kinderh. mit Puppen
Postfach 13
2342 Gelting

fabula – Kindertheater
mit Puppen
Dorfstr. 23
2381 Idstedt

Lübecker Marionetten-
theater
Im Kolk 20
2400 Lübeck

Regenbogen
Theater mit Puppen
Verdener Str. 95
2800 Bremen 1

Manuelas Puppentheater
Elbstr. 94
2800 Bremen

Puppentheater Tüddelkopp
Parlallee 15–17
2800 Bremen 1

Figurentheater Motte
Butjadingen 9
2893 Stollhammer-Ahndeich

Das Laboratorium
Theater mit Puppen
Cäcilienplatz 2
2900 Oldenburg

PLZ 3

Handpuppenbühne
Pfarrstr. 29 a
3000 Hannover

Figurentheater Seiler
Ludwig-Thoma-Str. 6
3004 Isernhagen 1

Hamberlino Puppenspiele
Im Wiesengrund 12
3014 Laatzen 5

Fingerhuttheater
Nordel 104
3079 Diepenau

Kleiner Wagen
Figurentheater
Hauptstr. 11
3180 Wolfsburg

Der rote Faden
Hanne Heim
Triftweg 24
3300 Braunschweig

Handpuppenbühne Mütze
Steinweg 43
3406 Bovenden

Krakel Spektakel
Anne Weindorf
Dorlaer Str. 3
3580 Fritzlar-Wehren

PLZ 4

Karagöz-Schattentheater
FIDEF
Lichtstr. 31
4000 Düsseldorf

Marionettentheater
Takelgarn & Co.
Gerresheimer Str. 31
4000 Düsseldorf

Irmels Puppen
Harffstr. 129
4000 Düsseldorf

Puppentheater in
Bolderwagen
Huckweg 22
4180 Goch-Kassel

Styrumer Puppenbühne
Scharnhorststr. 4
4200 Oberhausen

Puppenbühne
H. Menning
Manteuffelstr. 29
4300 Essen 1

Pupilla-Puppenbühne
M. Gsella
Eickelkamp 19
4300 Essen 14

Marionettentheater Kreuzweise
R. Kreckel
Munscheidtstr. 38
4320 Hattingen

Junior Puppenbühne
Kurfürstenstr. 20
4330 Mülheim

Wodo Puppenspiel
Kleine Bruchstr. 13
4330 Mülheim

Sonstwo's Puppentheater
Werner Bartelt
Saarner Str. 483
4330 Mülheim

Figurentheater Ecdyson
Klaassen
Burgstr. 4
4400 Münster

Erstes Schattentheater
W. Strunz
Nordstr. 12
4400 Münster

Bösenzeller
Marionettenbühne
Alvingheide 126
4403 Senden-Bösenzell

Pusteblume
D. Marks
Adolfstr. 1
4450 Lingen

Sonstwas Theater
Brockmannshof
4520 Melle 8

Bruno's Bunte Bühne
Olpketalstr. 90
4600 Dortmund 50

Turboprop Theater
R. Eggert
Bürgerstr. 3
4600 Dortmund 1

Kieselstein-Theater
Gertrudenhof 13
4630 Bochum 6

Figurentheater Ringeltaube
E. Wittenfeld
Geschwisterstr. 59
4650 Gelsenkirchen 3

Pappmobil Puppentheater
Behrensstr. 5
4690 Herne

Trixini
Puppen- u. Zaubertheater
Jühengasse 10
4790 Paderborn

PLZ 5

Figurentheater Schamott
Lohsestr. 50
5000 Köln 60

Theater Balov
W. Heinen
Zülpicher Str. 236
5000 Köln 41

Hand- u. Fadentheater
D. Baum
Ostmerheimerstr. 270
5000 Köln 91

Aachener Kasperle e.V.
Im Grüntal 15
5100 Aachen

Die Schnacke
Konradstr. 4
5300 Bonn

Speculum
Ahrweg 134
5305 Alfter 4

Ruwentaler Puppenkiste
Postfach 1904
5500 Trier 1

Jo Mitzkewitz
Breslauer Str. 111
5600 Wuppertal

Kartofler Figurentheater
Am Hang 24
5802 Wetter

Kindertheater Pampelacke
Th. Wessing
Bershauser Str. 75
5810 Witten

Märchentheater Batek
& Batek
Dorfstr. 3
5909 Burbach

PLZ 6

Nasenmeiers Puppentruppe
H.-J. Ludwig
Vogelsbergstr. 34
6000 Frankfurt 1

Frankfurter Puppenkabinett
W. Stephan
Rombergstr. 67
6000 Frankfurt 80

Schattentheater
Leipziger Str. 81
6000 Frankfurt

Klappmaul
Theater mit u. ohne Puppen
Löwengasse 27
6000 Frankfurt 60

Puppenzentrum Frankfurt
Diemelstr. 9
6000 Frankfurt 90

De Butzlumbe
Marionettentheater
Senefelder Str. 17
6050 Offenbach

Kikeriki Theater
Moosbergerstr. 88
6100 Darmstadt

Gießener Puppenkiste
Postfach 11 04 26
6300 Gießen 1

Die Holzköppe
Postfach 11 66
6497 Steinau

Die Blinklichter
Zimmerstr. 13
6909 Walldorf

PLZ 7

Gustav und sein Ensemble
Urbanstr. 49
7000 Stuttgart 1

Puppenbühne Vogelfrei
Etzelstr. 29
7000 Stuttgart

Stuttgarter Marionettentheater
Postfach 3006
7000 Stuttgart 1

La Plapper Papp Puppenbühne
Im Jugendhaus Ost
Gymnasiumstr. 52
7000 Stuttgart 1

Knurp Puppentheater
Wagenburgstr. 68
7000 Stuttgart 1

Marionettentheater H. Brehme
Böblinger Str. 133
7000 Stuttgart

Theater am Faden
Böblinger Str. 139
7000 Stuttgart

Das Laboratorium
Arminstr. 36
7000 Stuttgart

Farbiges Licht- und Schattentheater
Lombacher Str. 20
7000 Stuttgart

Sindelfinger Puppenbühne
Kantstr. 4
7030 Böblingen 4

Puppenbühne
Lange Str. 22
7060 Schorndorf

kleines spectaculum
Krehwinkelstr. 3
7061 Asperglen

Theatergruppe Radelrutsch
Hauptstr. 61
7107 Bad Friedrichshall

Knurps Puppentheater
Adlergasse 9
7109 Widdern

Kleister Puppenspielgruppe
Stresemannstr. 3
7140 Ludwigsburg

Gerhards Marionetten
Leonhard-Kern-Weg 16
7170 Schw. Hall

Rottweiler Puppenspiele
Stadionstr. 7
7210 Villingendorf/Rottweil

Heinrich Zwissler
Waldheimstr. 61
7210 Ostfildern 1

Der Entwicklungshelfer
Augartenstr. 5
7527 Kraichtal 7

Mottenkäfig-Marionettenbühne
Schulstr. 25
7534 Birkenfeld

Puppentheater Guggelhupf
Haydnstr. 11
7562 Gernsbach

Die Tütenpuppe
Sophienstr. 22
7570 Baden-Baden

Villinger Puppenbühne
Schäffner Str. 2
7732 Niedereschbach

Puppenbühne Waldrian
W. Franek
Klarastr. 40
7800 Freiburg

Pusteblume
Umkircher Str. 24
7800 Freiburg-Wöltershofen

Sebastian & Co.
W. Knoedgen
Feldbergstr. 22
7801 Umkirch/Freiburg

PLZ 8

CASPERL
Isabellastr. 49
8000 München 40

Punschi
Paul-Horsch-Str. 8
8000 München 60

Das Spielkreuz
Hochwaldstr. 32
8000 München 70

Marionettenbühne
Paul-Klee-Str. 22
8000 München 71

Die kleine Kasperlbühne
Niedermayerstr. 3
8000 München 80

Creme Frech
Kapellenstr. 7
8025 Unterhaiching

Figurentheater Papperlapap
Nöglreit 54
8252 Taufkirchen/Vils

Figurentheater Blechkiste
Wetzling 4
8252 Taufkirchen/Vils

Marionettentheater
Steinhellstr. 16
8500 Nürnberg

Die Keilhölzer
Meckenloher Weg 48
8542 Roth

Hobbit Puppenbühne
Kirchheimerstr. 15
8701 Geroldshausen

Puppenscheune
Austr. 68
8702 Zell

Aschaffenburger Marionettentheater
Postfach 587
8750 Aschaffenburg

Augsburger Puppenbühne
Spitalstr. 15
8900 Augsburg

Puppentheater
Wagenseilstr. 14 a
8950 Kaufbeuren

B. Kindertheater – Mitspielaktionen

PLZ 1

GRIPS – Theater
Altonaer Str. 22
1000 Berlin 21

VINVI – Theater
Reichpietschufer 20
1000 Berlin 30

Kreuz und Quer
J. Fuhrmann
Berliner Str. 159
1000 Berlin 31

BIRNE – Theater
R. Ziegler
Aßmannhauerstr. 12
1000 Berlin 33

Die 3 Fuzzys
Kerngehäuse
Cuvrystr. 20
1000 Berlin 36

Fuddel's
Bundesallee 127
1000 Berlin 41

Lollipop
Maybachufer 16
1000 Berlin 44

R. Anraths
Kirchhofstr. 33
1000 Berlin 44

Rote Grütze
Mehringdamm 51
1000 Berlin 61

Gaukelstuhl
Postfach 602221
1000 Berlin 61

PLZ 2

Theater zwischen
Tür und Angel
Rosenhofstr. 11
2000 Hamburg 6

Theater Zeppelin
Stefanie Grau
Sillemstr. 60
2000 Hamburg 19

Zirkus Maggi
A. Eggers-Bliwier
Wittenbergener Str. 30
2000 Hamburg 56

Theater Wedel e.V.
Rosengarten 19
2000 Wedel

Ch. Glockzin
Harighorst 10
2067 Feldhorst

Kinder spielen für Kinder
J. Bochholz
Barlachstr. 24
2100 Hamburg 90

Spielleute
Ch. Hennig
Am Steinkamp 20
2161 Fredenbeck

Spiegelei
Kindertheater Compagnie
Segeberger Str. 7
2360 Stipsdorf

Der Morgenstern
Alte Schule
2440 Oldenburg-K.

Anderland Clown Theater
J. Mades
Kornstr. 96
2800 Bremen 1

Ein-Mann-Musik-Theater
G. Pleus
Große Annen Str. 102
2800 Bremen-Neustadt 1

Augentrost
Malte Jaspersen
Prangenstr. 20
2800 Bremen

Dr. Kuppel's Kombinationskunst
Vahrer Str. 235c
2800 Bremen 44

Yümrü
J. Müller
A. d. Beeke 33
2808 Okel-Syke

Theaterstall TTG
U. Lubda
2860 Scharmbeck

PLZ 3

Poot-Theater
M. Schubert
Kronenstr. 14
3000 Hannover

rammbaff
Freizeitheim Linden
Windheimstr. 4
3000 Hannover 91

Marci Pan
Hauptstr. 39
3004 Isernhagen 2

Kürbis
R. Riedel
Tiegener Str.
3040 Soltau

Kalleratschmatsch
Eva Maiwald
Teichstr. 24
3200 Hildesheim

Panta rei
M. Schmidt
Jasperallee 38
3300 Braunschweig

Junges Theater Göttingen
Hospitalstr. 1
3400 Göttingen

Theater Lakupaka
Rengershäuserstr. 30
3500 Kassel

PLZ 4

Clown Robby
Krefelder Str. 121
4000 Düsseldorf

Radieschen
G. Adler
Lortzingstr. 29
4010 Hilden

Xenos-Zauberer
M. Schönberg
Spandauer Str. 4
4019 Monheim

Reibekuchentheater
Uwe Frisch
Hülser Landstr. 1
4152 Kempen

Krachmacherbande
G. Gerlach
Annabergstr. 37
4200 Oberhausen

Kusselkopp
Mitspielkinderzirkus
K. Borkens
Haskenstr. 57
4300 Essen 1

H.-M. Eickmann
Dortmunder Str. 104
4350 Recklinghausen

Kindertheater TÖFTE
H. Schlenkluhn
Hertener Str. 213
4350 Recklinghausen

Peter Paul u. Co.
Weseler Str. 49
4400 Münster 1

Signale
W. Kamp
Bilk 60
4441 Wettringen

Zaubertheater mit Heinz
H. Siemering
Ohnerstr. 21
4443 Schüttorf

Kindertheater Lari Fari
A. Linkhorst
Postfach 15 60
4600 Dortmund 1

Pasta Basta
H. Wenderoth
Rob.-Koch-Str. 11
4600 Dortmund 11

Zauberin Parella
Karin Schreiber
Dresdner Str. 3
4600 Dortmund 1

Pottpurie
U. Schanko
Hattinger Str. 397
4630 Bochum 1

Kinderzirkus Pusteblume
Arminstr. 10
4650 Gelsenkirchen

Krümeltüte
Kreisjugendamt Unna
J. Hartlieb
Kantstr. 30
4750 Unna

Zick Zack Theaterbande
A. Liebold
Elsa-Brändström-Str. 17
4800 Bielefeld

Petersilie Suppenclown
N. Gahbler
Schloßhofstr. 27
4800 Bielefeld

Theater Brennessel
A. Warning
Vilsendorfer Str. 162 b
4800 Bielefeld 15

Beate Scherzer – Clown –
Blamberger Str. 243 a
4930 Detmold

PLZ 5

Theaterdilldopp
S. Kuntz
Maria-Hilf-Str. 9
5000 Köln 1

Freies Werkstatt Theater
Zugweg 10
5000 Köln 1

Ömmes und Oimel
Löwengasse 7–9
5000 Köln 1

Circus Offentüre
H. Lieverscheid
Altenburgerstr. 39
5000 Köln 1

Theater Tamborin
M. Janke
Marktfelder Str. 19
5000 Köln 50

Kölner Mitspielzirkus
A. Pohlert
Raderbergstr. 216
5000 Köln 51

Peter Helter
Im Hagen 13 a
5064 Rösrath 3

Avanti
Rudi Zins
Parkstr. 64
5100 Aachen

Bauklötzchen
H. Wolff
Goerdeler Str. 29
5100 Aachen

Knacks Theater
Ahe 18
5207 Ruppichteroth

Dieter Garnier
Im Uhlengarten 5
5300 Bonn 1

Zirkus Broccoli
A. Mensing
Bandstr. 9
5600 Wuppertal

Wittener Kinder- und
Jugendtheater
Brüderstr. 15
5810 Witten

PLZ 6

---

baufirma meissel & co.
Postfach 600 874
6000 Frankfurt 60

Das Kollossal Theater
U. Matrisch
Virchowstr. 10
6090 Rüsselsheim

Seifenblasen
M. Schwilbinger
Heidelberger Str. 38
6100 Darmstadt

Clownshaufen
O. Bazzica
Barkhausstr. 63
6100 Darmstadt

Baustelle
Bierstadterstr. 7
6200 Wiesbaden

Helmi's Self Theater
Hauptstr. 20
6251 Mudershausen

Baustelle
Schulstr. 1
6502 Mainz-Kostheim

Überzwerg e. V.
Escher Weg 67
6600 Saarbrücken 3

Rotznasentheater
Hauptstr. 54
6761 Bisterschied

Pasta Fantasia
G. Neuwirth
Herm.-Löns-Weg 8
6900 Heidelberg

Grüne Welle
Kindertheater
Waldstr. 12
6903 Neckargemünd

PLZ 7

Schlonz-Kindertheater-gruppe
J. Volz
Mimosenweg 14
7000 Stuttgart

Pannentheater
S. Eichler
Landhausstr. 130
7000 Stuttgart

THEFKI
Theater für Kinder e. V.
Orffstr. 27
7100 Heilbronn

Radelrutschtheater
Bernhard
Buchernecker 2
7100 Heilbronn

Schnick Snak Theatr
P. Kratz
Uferstr. 14
7140 Ludwigsburg

Detlef's Kindermitspiel-theater
H. Bauer
Panoramastr. 11
7408 Kusterdingen

Kinderzirkus BAMBINI
Goethestr. 11
7730 Villingen-Schwenningen

Theater Wunderwurm
Peter Baer
Dreikönigstr. 27
7800 Freiburg

Freiburger Kinder- und Jugendtheatergruppe
Langenmarckstr. 97
7800 Freiburg

Kinderzaubertheater
Sebastian
Hochtestr. 21 c
7831 Sexau

ATAK
Theaterarbeitsgemeinschaft
Unterer Kuhlberg 16
7900 Ulm

Murkel-Theater
Ch. Beck
Meisterhofener Str. 11
7990 Friedrichshafen

PLZ 8

theater k
Kurfürstenstr. 8
8000 München 40

Kuddelmuddel-Kindertheater
Schellingstr. 109 a
8000 München 50

Rirarutsch Mitspieltheater
Dachauer Str. 585
8000 München 50

DO-MI-Theater
K. Pabst
Kirchenstr. 34
8000 München 80

eyes & ears
Theaterwerkstatt
Marienwerder Str. 8
8000 München 81

Irrlicht
Ingrid Irrlicht
Pommernstr. 1
8012 Ottobrunn

Jo – Zauberer
Wetzling 4
8252 Taufkirchen/Vils

Mummpitz
S. Weherle
Kröhnstr. 48
8500 Nürnberg 10

Theater aus dem Kochtopf
C. Beck
Hoföschele 9
8960 Kempen

Spiel-Lern-Reihe

3–7

Bereits erschienen

Wolfgang Bort
Komm zu unserem Kinderfest
96 Seiten, br., mit vielen Abbildungen
ISBN: 3-7664-9227-6

Helmut Dachale
Zauberhaftes für kleine Leute
96 Seiten, br., mit vielen Abbildungen
ISBN: 3-7664-9230-6

Regina Grabbet
Laufen, Toben, Springen ... Loben
Bewegte Spieler für Kinder
96 Seiten, br., mit vielen Abbildungen
ISBN: 3-7664-9236-5

Monika Gsella
Jetzt lassen wir die Puppen tanzen
Puppenspiele in Kindergruppen
96 Seiten, br., mit vielen Abbildungen
ISBN: 3-7664-9243-8

Doris Bleckmann / Helmut Dachale
Manege frei, wir sind dabei
Zirkusspiele in Kindergruppen
96 Seiten, br., mit vielen Abbildungen
ISBN: 3-7664-9249-7

In Vorbereitung

Herbst 1988
So oft im Jahr ist Feiertag
Kirchliche Feste und Feiern in Kindergruppen

Frühjahr 1989
Auch Nudeln müssen erst'mal wachsen
Kinder säen, ernten, kochen und backen

Herbst 1989
Elternarbeit leichter machen

Frühjahr 1990
Freunde aus der Freude